大家小书·译馆

Лесная
капель

［俄罗斯］米·普里什文　著

潘安荣　译

林中水滴

北 京 出 版 集 团
北 京 出 版 社

图书在版编目（CIP）数据

林中水滴 / （俄罗斯）米·普里什文著；潘安荣译
. — 北京：北京出版社，2024.6
（大家小书．译馆）
ISBN 978-7-200-14046-0

Ⅰ. ①林… Ⅱ. ①米… ②潘… Ⅲ. ①散文集－俄罗斯－现代 Ⅳ. ①I512. 65

中国版本图书馆 CIP 数据核字（2018）第 072037 号

总 策 划：高立志　王忠波　　　责任编辑：王忠波　张锦志
责任营销：猫　娘　　　　　　　责任印制：陈冬梅
装帧设计：吉　辰

· 大家小书·译馆 ·

林中水滴
LIN ZHONG SHUIDI

[俄罗斯] 米·普里什文 著　　潘安荣 译

出　　版　北京出版集团
　　　　　北京出版社
地　　址　北京北三环中路 6 号
邮　　编　100120
网　　址　www.bph.com.cn
总 发 行　北京伦洋图书出版有限公司
印　　刷　北京华联印刷有限公司
经　　销　新华书店
开　　本　880 毫米 ×1230 毫米　1/32
印　　张　4
字　　数　81 千字
版　　次　2024 年 6 月第 1 版
印　　次　2024 年 6 月第 1 次印刷
书　　号　ISBN 978-7-200-14046-0
定　　价　36.00 元

如有印装质量问题，由本社负责调换
质量监督电话　010-58572393

总　序

　　"大家小书"自2002年首辑出版以来，已经十五年了。袁行霈先生在"大家小书"总序中开宗明义："所谓'大家'，包括两方面的含义：一、书的作者是大家；二、书是写给大家看的，是大家的读物。所谓'小书'者，只是就其篇幅而言，篇幅显得小一些罢了。若论学术性则不但不轻，有些倒是相当重。"

　　截至目前，"大家小书"品种逾百，已经积累了不错的口碑，培养起不少忠实的读者。好的读者，促进更多的好书出版。我们若仔细缕其书目，会发现这些书在内容上基本都属于中国传统文化的范畴。其实，符合"大家小书"选材标准的非汉语写作着实不少，是不是也该裒辑起来呢？

现代的中国人早已生活在八面来风的世界里，各种外来文化已经浸润在我们的日常生活中。为了更好地理解现实以及未来，非汉语写作的作品自然应该增添进来。读书的感觉毕竟不同。读书让我们沉静下来思考和体味。我们和大家一样很享受在阅读中增加我们的新知，体会丰富的世界。即使产生新的疑惑，也是一种收获，因为好奇会让我们去探索。

"大家小书"的这个新系列冠名为"译馆"，有些拿来主义的意思。首先作者未必都来自美英法德诸大国，大家也应该倾听日本、印度等我们的近邻如何想如何说，也应该看看拉美和非洲学者对文明的思考。也就是说无论东西南北，凡具有专业学术素养的真诚的学者，努力向我们传达富有启发性的可靠知识都在"译馆"搜罗之列。

"译馆"既然列于"大家小书"大套系之下，当然遵守袁先生的定义："大家写给大家看的小册子"，但因为是非汉语写作，所以这里有一个翻译的问题。诚如"大家小书"努力给大家阅读和研究提供一个可靠的版本，"译馆"也努力给读者提供一个相对周至的译本。

对于一个人来说，不断通过文字承载的知识来丰富自己是必要的。我们不可将知识和智慧强分古今中外，阅读的关键是作为寻求真知的主体理解了多少，又将多少化之于行。所以当下的社科前沿和已经影响了几代人成长的经典小册子也都在"大家小书·译馆"搜罗之列。

总之，这是一个开放的平台，希望在车上飞机上、在茶馆咖啡馆等待或旅行的间隙，大家能够掏出来即时阅读，没有压力，在轻松的文字中增长新的识见，哪怕聊补一种审美的情趣也好，反正时间是在怡然欣悦中流逝的；时间流逝之后，读者心底还多少留下些余味。

刘北成

2017 年 1 月 24 日

目　录

一

叶芹草

荒　野

在荒野里，人们只是沉浸在自己的思绪中；人怕待在
荒野里，就是因为怕独自静处。

这是很久很久以前的事情了，但是我还没有忘掉；当我还
活着的时候，我也不想忘掉。在那久远的"契诃夫"时代，
我们两个农艺师，彼此几乎是不相识的，为了播种牧草的事
情，同乘一辆小马车，到古老的沃洛科拉姆斯克县去。途中我
们遇到一大片望不到尽头的含蜜的叶芹草，青翠欲滴，草花盛
开。在晴朗的日子里，在我们莫斯科近郊妩媚的自然界中，这
片鲜艳夺目的花的原野，蔚然成为奇观。仿佛是青鸟们从远方
飞来，在这儿宿了夜，飞走之后，留下的这片青色的原野。在

这片含蜜的青草丛中，我想，现在该有多少虫儿在争鸣啊。但是，马车在干硬的道路上发出轰隆声，令人什么也听不见。被这大地的魅力迷住了的我，把播种牧草的事情早抛在九霄云外了，一心只想听听花丛中虫儿的鸣声，于是我请求旅伴把马儿勒住。

我们停了多少时候，我在那儿跟青鸟相处了多少时候，我说不上来。只记得我的心灵随着蜜蜂一起飞旋了一阵之后，便向那位农艺师转过头去，请他赶车上路；这当儿，我才发觉，这位面团团、貌不出众、饱经风霜的胖子，正在观察我，惊讶地打量我。

"我们干吗要停留？"他问道。

"不为别的，"我答道，"我是想听听蜜蜂的声音。"

农艺师赶起了车。于是我也从旁边观察起他来，我发觉他有点儿异常。待我再瞥他一两眼后，我就完全明白，这位极端崇尚实务的人，也若有所思起来了，也许是由于我的影响，他已经领略到这叶芹草花儿的魅力了吧。

他的沉默叫我很不自在。我拿闲话来问他，想打破这场沉默，但他对我的问话毫不在意。仿佛我对大自然所抱的一种非务实的态度，也许竟是我那略带稚气的青春，触动他，使他也想起自己的黄金时代，在那黄金时代里，每个人几乎都是诗人。

为了使这位红脸膛、大后脑勺的胖子回到现实生活中来，我向他提出了一个当时十分重要的实际问题。

"照我看来，"我说，"没有合作社的支持，我们播种牧草的宣传只是一场空谈而已。"

他却问道："您可曾有过自己的叶芹草？"

"您问什么？"我摸不着头脑。

"我问的是，"他重复说，"有过她吗？"

我明白了，于是像一个男子所应该表现得那样答复他：我当然是有过的，这是不消说得的……

"她来了吗？"他继续盘问道。

"是的，来了……"

"哪儿去了呢？"

我感到痛苦。我什么也没有说，只是微微地摊开两手，表示她现在没有了，早已不见了。之后，我想了想，又说起叶芹草：

"仿佛是青鸟宿了夜，留下些青色的羽毛罢了。"

他半晌不语，沉思地凝视着我，然后自己得出了结论：

"这么说，她是再也不来了。"

他环顾了一下那遍地青青的叶芹草，接着又说：

"青鸟飞过，留在原野上的也只能是青色的羽毛呵。"

我觉得，他好像在用力，再用力，终于在我的坟墓上堵上了墓石：我还一直在等着呢，现在可仿佛永远完结了，她永远不会来了。

突然，他倒号啕大哭起来了。这时，在我的眼里，他那大后脑勺，那肥厚的下巴，那由于脸胖而显得细小的狡黠的眼睛，似乎都不存在了。于是我怜悯他，怜悯他在生命力勃发时的整个身心。我想对他说几句安慰的话，我接过了缰绳，把马车赶到水边，浸湿了手帕，给他擦脸，让他清醒清醒。他很快就平复了，擦干了眼泪，重新拿起了缰绳，我们照旧前行。

过了一会儿，我又对他说起播种牧草的事情，我说，没有合作社的支持，我们根本没法说服农民进行三叶草轮作。我这种看法，我当时觉得是很独到的。

"可曾度过美好的夜晚吗？"他问道，对我有关工作的话题置之不理。

"当然度过的。"作为一个男子汉，我直言不讳地回答他。

他又沉思起来了，接着——好一个折磨人的家伙！——又问道：

"怎么的，只有一夜吗？"

我厌烦了，几乎生起气来，好容易控制住自己，拿普希金的名言来回答他那一夜或两夜的问题：

"整个生命就只是一夜或者两夜。"

青色的羽毛

在一些向阳的白桦树上，出现了金黄色的荑荑花序，姿色奇丽，灼灼动人。在另一些树上，幼芽刚刚吐露。还有一些树上，幼芽已经开放，宛若对世上一切都感到惊讶的小青鸟一般伫立枝头。它们散落在细嫩的枝杈上，你看这边，还有那边……对我们人类说来，这不仅仅是幼芽，而是稍纵即逝的瞬间。而且千万人中，只有一个站在前列的幸运儿，才来得及敢伸手去攀折。

一只黑星黄粉蝶停落在越橘上，将翅膀叠成一片小树叶的样子：在太阳没有把它晒暖以前，它是不飞的，而且也不能飞，它竟然根本不想逃脱我向它伸过去的手指。

一只黑蛾，翅膀上镶着一圈白色的细边，这是松毒蛾。它昏迷在冰凉的露水中，没等到晨曦来临，不知怎的，像铁制的一样跌落到地下了。

有谁见过草地上的冰是怎样在太阳光下消逝的吗？曾有一泓清水，凭它遗留在草地上的垃圾来判断，昨天还是水量充沛的。夜来天气暖和，水几乎全部流走，汇集到大水溜中去了。唯有残留的水痕，被凌晨的严寒逮住，给草地做了花边。一会儿，太阳把这些花边全扯得粉碎，一粒粒冰屑消逝了，化成了金色的水珠，滴落在泥土上。

昨天，稠李开花了，城里人纷纷到树林里去折那开白花的细枝。我认得树林里的一棵稠李，它为自己的生存斗争了多年，尽力往高里长，好避开采花人的手。事情居然成功了，如今那树身光秃秃的，煞像棕榈树，没有一根枝丫，这样，人就无法攀登了，但见树梢头上，开满了白花。另一棵就不行了，憔悴了，它身上现在只剩下几根突兀的粗枝。

常有这样的事情：一个人百般怀恋另一个人，但缺少结成知心的机缘，怀恋终归落了空。人生遭遇了这种遗憾事，便无论从事什么学问都不能满足了，不管天文、化学、艺术或者音乐，都是一样，因为这时候世界已截然分为内心世界和外在世界了……可不是常有这样的事情嘛：由于人情浇薄，有人将整个内心生活都寄托在一条狗的身上，于是这条狗的生命，就比物理上任何最伟大的发明都更具有无限现实的意义，尽管那发明可望将来给人类带来不花钱的粮食。至于把自己全部感情寄托在一条狗身上的人，有没有过错呢？不用说，是有过错的。但是，由于我青年时代有过青鸟——我的叶芹草，至今我心中还保存着青色的羽毛啊！

乌云笼罩的河

夜里，我心中产生了一个含糊的想法，我走出户外，从河身上看清了自己的想法。

昨夜，长空万里，这条河和星辰、和整个宇宙相呼应。今宵，天色朦胧，河被乌云罩住了，像盖上了一条被子，不再和宇宙相呼应了，——不再相呼应了！我由此在河里看清了自己的想法：我如果不能和整个宇宙相呼应，我也像河一样，是没有过错的，因为我对于失去了的叶芹草的思念，犹如一道黑纱，把我和宇宙隔绝了。我看这条河也正是这样，在乌云笼罩下，它是不能和万物相呼应的，然而，河毕竟还是河，河水在黑夜里闪闪有光，川流不息。河里的鱼儿，在乌云笼罩的昏暗中，感到大自然的温暖，不时拍溅起水花，比昨夜满天星斗、寒气逼人时拍溅得更为有力，更为响亮。

别离

多么美好的早晨啊：露珠闪烁，蘑菇遍地，小鸟儿在歌唱……只可惜时令已交秋天了，小白桦呈现了黄色，白杨树在抖动着叶子，喃喃细语着："诗无所凭依了：露水要干涸，小鸟儿会飞走，茁壮的蘑菇终归要腐朽……诗无所凭依了……"我也得分受这个别离，跟黄叶一同飘得不知去向。

求偶飞行

在这本该是山鹬求偶飞行的时日里，一切都很美好，但是山鹬没有飞来。我沉浸在回忆之中：现在没有飞来的是山鹬，而在那遥远的过去，没有来的却是她。她是爱我的，但是她觉得，爱还不足以充分报答我对她的激情。所以她没有来。我也从此脱离了这"求偶飞行"，永远不再见到她了。

此刻是如此美妙的黄昏，百鸟争鸣，万类俱在，唯独山鹬不曾飞来。两股水流在小河中相遇，发出拍溅声，随即又归于沉寂了，河水依旧沿着春天的草原缓缓地流动。

后来，我发觉自己在寻思：由于她没有来，我一生的幸福却降临了。原来她的形象，随着岁月的流逝逐渐消失了，但留在我心中的感情，使我永远去寻找她的形象，却又总是找不到，尽管我热切地关注着普天下的万象。于是，普天下的一切，都像是人的面孔似的映现在她一个人的面孔上，而这副宽阔无边的面孔的姿容，就足够我一辈子欣赏不尽，而且每逢春天，总有一些新的美色映入我的眼帘。我是幸福的，唯一觉得美中不足之处，是没有让大家都像我一样的幸福。

我的文学生涯所以不衰的原因，正是在于我的文学生涯就是我自己的生命。我觉得，任何人都能够做到像我一样：且试看吧，忘掉你在情场上的失意事，把感情移注到字里行间，你一定会受到读者的喜爱的。

此刻我还在想：幸福完全不依赖于她之来或不来，幸福仅仅依赖于爱情，依赖于有没有爱情，爱情本身就是幸福，而这爱情是和"才情"分不开的。

就这样我一直想到了天黑，突然我明白了，山鹬再也不会来了。于是一阵刀割似的剧痛刺穿了我的心，我低声自语道："猎人啊猎人，那时候你为什么不把她留住呢！"

阿里莎的问话

在那个女人离开了我之后，阿里莎问道：

"她的丈夫是谁啊？"

"不知道，"我说，"没有问过。管她丈夫是谁呢，对于我们还不都是一样嘛。"

"怎么能'都是一样'呢，"阿里莎说，"您跟她常来常往，谈天说地，却不知道她的丈夫是谁。要是我，早就问了。"

又有一次，她来看望我，我想起了阿里莎的问话，但还是没有问她。我之所以没有问，是因为她在某一点上叫我喜欢，我猜度，必是她那双眼睛，使我回想起了我青年时代热恋过的美丽的叶芹草。不管怎样，总之她叫我喜欢的，也正是从前叶芹草叫我喜欢的一样：她没有唤起我内心想亲近她的念头，相反地，我对她的这种感情，迫使我全然不去注意她的日常生活。她的丈夫，她的家庭，她的住所，现在和我毫不相干。

她临走时，我觉得一天工作做累了，需要出去透透空气，或许还伴送她回家。我们走到户外，这时天气奇寒，黑黝黝的河水冷冰冰的，蒸汽的气流四处乱窜，河水旁边结冰的地方传来了窸窸窣窣的声音。河水显得令人可畏，简直是无底深渊，即便是决心要投河自尽的不幸者，看了这黑黝黝的深渊，也会回转家中，生起茶炊，额手称庆地喁喁自语道：

"投河，多么荒诞啊！那儿远不如这里，我宁可坐在家里喝茶呢。"

"您有大自然的感情吗?"我问我新的叶芹草。

"什么叫'大自然的感情'?"她反问道。

她是一个有教养的女人，关于大自然的感情，耳濡目染何止千百次。但是她的问话却如此直率，如此真诚，毫无疑问，她是当真不知道，什么叫作大自然的感情的。

"既然她——或者叫作我的这位叶芹草——就是'大自然'本身，那么她又怎能知道呢!"我想。

想到这一点，我感到惊讶。

怀着这种新的领悟，我不禁再一次想看看她那双可爱的眼睛，我要穿过它们，看到我那衷心爱慕、永保贞洁而又不断孕育的"大自然"的内心。

无奈这时天已断黑，我那奔腾着的巨大的感情，遇上了黑暗，折回来了。我的另一种性灵，重新提出了阿里莎的那个问题。

这时候，我们行走在一座巨大的铁桥上，我正待开口，向我那叶芹草提出阿里莎的问题，忽听得身后传来了铁一般沉重的脚步声。我不想回转头去，看是哪一个巨人在铁桥上行走，因为我已经知道了他是谁：他是权威的化身，是惩罚我青年时代梦想破灭的人，现在那诗一般的梦想正再度来偷换我对人的真正的爱情。

当他和我并肩走时，他只轻轻将我一推，我就飞越桥栏，坠入了黑黝黝的深渊中。

我在床上清醒过来，我想到："阿里莎提的那个生活上的问题，并不像我所想的那样愚蠢：如果我在青年时代不用梦想来偷偷地替换了爱情，那我就不会失去我那叶芹草了，也不会在事隔多年的今天，还梦见黑黝黝的深渊了。"

深渊

要是有人说，深渊在引诱他，要他投进去的话，那也就是说，他，这个坚强的人，正站在深渊的边缘，抑制着自己。对于懦弱的人，深渊是无须于引诱的，而是把他抛到宁静而安谧的岸上去。

深渊，这是对一切生存者身上的力量——那无可替代的力量的考验。

岔路口

路标跟前有三条路伸展开去，顺着一、二、三条路走，尽管遭受的不幸不一样，但都同样是死路。幸好，我没有朝岔路那边走去，而是从那儿返回来了，——对我说来，路标跟前的险路不是分岔，而是汇合起来了。我庆幸遇到了这根路标，在岔路口回想自己险些遭难，然后就顺着唯一可靠的道路返家。

水滴和石头

窗下地面的冰还很硬，但和煦的阳光照一会儿，挂在屋檐的冰锥便滴下水来。每一滴水在临死时发出"我！我！我！"的声音，它的生命只有一刹那的工夫。"我！"这是痛感无能为力而发出的悲声。

但是眼看地面上的冰已被水滴出了一个小坑；冰在融化，一直到化净了，屋檐上亮晶晶的水滴还在一声声叫着。

水滴落在石头上，清楚地发出"我！"的声音。石头又大又坚硬，也许还要在这儿存在1000年，水滴却仅仅活一瞬间，这一瞬间，不过是痛感无能为力而已。然而"水滴石穿"的道理却是千古不变，那许多的"我"汇合成了"我们"，力量之强，不仅能滴穿石头，有时还形成滚滚急流，竟把石头冲走。

留声机

失去了朋友，真叫人痛苦，连旁人也看出我心中的悲怆。我房东的妻子发觉以后，悄悄地问我，什么事使我这样伤心。我遇到了她这第一个深表同情的人，于是把叶芹草的事都告诉了她。

"我可以把您马上治好，"女房东说着，吩咐我把她的留声机拿到花园里去。那是林边空地，一丛丛的丁香正在开花。那儿还种有叶芹草，一片淡青色的花朵之间，蜜蜂在嗡嗡叫着。好心的女人拿来唱片，开动了留声机，当时的名歌手索比诺夫就唱起了连斯基咏叹调[1]。女房东兴奋地看着我，准备尽她所能帮助我。歌手的每一个词都浸透着爱情，饱含着叶芹草的蜜汁，散发着丁香的馨香。

从那以后许多年过去了。无论在哪儿，每当我听到连斯基咏叹调的时候，脑子里就免不了要回想起：蜜蜂、青色的叶芹草、丁香和女房东。当时我不明白，但如今我懂得了，她确实治好了我难治的心病，所以后来我周围的人看不起留声机，说它有小市民气的时候，我总是沉默不语。

生的欲望

来了一个伤心的人，自称是"读者"，请求我说一个可以救他性命的词儿。

"您是做文字工作的，"他说，"从您写的东西看来，您是知道这样的词儿的。您告诉我吧。"

我说我没有在心中储备这种专门用途的词儿，要是我知道，就说出来了。

他不愿意听任何解释的话，非要我痛痛快快说出来不可。他伤心得哭了。当他准备离去，在穿堂里看见自己那双包扎起来的长筒靴子的时候，哭得更厉害了。他解释说，在家里穿毡靴时，想起天气可能会解冻，于是就带了长筒靴子来了。

"这么说来，"他说，"我心里还保存着生的欲望，因为还想到可能有春天的解冻天气啊。"

当他说这话的时候，我猛然忆起，我自己当年也似这样期待着春天，来克制失去朋友的痛苦，后来我因此而得到了一些安慰的词儿。于是我心里高兴了起来：我知道安慰的词儿，而且曾经出现于我的笔底，只不过这读者不解其中味罢了。

那时我就想起了点什么，并且竭尽所能告诉了那个不认识的人。

歌德错了

我初次发现，黄鹂鸟能唱出不同的调子，于是想起了歌德的话，他说大自然所造之物是没有个性的，唯独人是有个性的。不，我以为只有人在创造精神珍品的同时，能创造绝无个性的机械，而在自然界，一切的一切，直至自然规律本身，都是有个性的：就连这些规律，也在活生生的大自然中变化着。所以连歌德的话也不都是对的。

结婚的日子

一个阳光明媚的静谧的早晨。拂晓的严寒把一切都收拾过了，使一切都干涸了，把有的地方巧为梳理，有的地方细加修剪，但是朝阳不消一会工夫，便把严寒在黎明前所做的事破坏无余，使一切都动了起来，你瞧那太阳晒得较暖和的地方，青草叶尖上已冒出了小水泡。

我发现一棵树上已吐出了可爱的幼芽，幼芽头上有一撮毛。我不知道，也不愿知道那棵树叫什么名字，但是在这一瞬间，我似乎觉得我所度过的所有春天，都好像是一个春天，对它们的感觉也都是相同的了，而整个大自然，在我也好像是大白天做的结婚之梦了。

早春把我带回到一个日子，我所有的梦都是从这一日开始做的。我长久地觉得，我对大自然的这种敏锐的感觉，是我孩提时初次见到大自然所留下来的。但是现在我才完全明白，对于大自然的感觉本身，是始于我同一个人的相逢。

那是在遥远的青年时代，我身处异乡，脑子里初次想到，也许我得抛开爱慕叶芹草的一片深情。想到这一点，我一方面十分痛苦，手指一碰胸口，心里就痛，而另一方面，反倒有了我的快乐的大千世界。人类的劳动中有着美和快乐，看来，参加这种幸福的劳动，借以抹掉失去叶芹草的痛苦，是容易的。于是我回首往昔，认清了自己孩提时在大自然中的感受。漂泊异国，我的故乡想起来其美无比，也就是在这时，脑子里清楚地浮现出初次见到大自然时的情景，而那故乡的亲人也就显得格外美好了。

老鼠

　　春汛时，一只老鼠在水中游了半天，寻找陆地。它已经精疲力尽了，才终于发现一棵露出水面的灌木，爬到了它的顶上。这只老鼠本来像所有老鼠一样过日子，凡事照着做，活过来了。可是现在，它必须自己寻思活路。如血的残阳把它的脑门儿照得很亮，煞像人的前额，一双仿佛黑珠子似的平常的老鼠眼里，放射着红光，流露出一只为众所弃的老鼠的理智。一只老鼠来到世上不过是一次，它如果找不到生路，便会永远消逝；尽管新的老鼠一代又一代，却绝无可能再生出与此完全相同的老鼠来。

　　我青年时代的遭遇，也同这小老鼠相仿，不过我所遭到的不是大水，而是爱情没有得到报偿的剧痛。我那时失去了叶芹草，但在悲哀之中稍有所悟，等到心情平静下来以后，我就带着爱情的语言，来到人们中间，如同来到救命之岸一样。

白桦

　　从腐草败叶的底下，冒出了绿色的东西，那是一片活的叶子，一棵活的草。它既然顺顺当当地活了过来，如今就要像肥料似的，转变为新的绿色的生命了。同腐草败叶做伴，想起来真可怕；受到大自然的如此对待，还能理解自己的价值，也实在不易。我只要选定或看中一种东西，无论那是一片叶子，一棵草，或者眼前的两棵不大的姐妹白桦树，在我的想象中，它们就如同我自己一样，不能同它们前辈所起的肥料作用相等同了。

我所选中的姐妹白桦树还不大，一人来高，就在旁边，长得像一棵树一样。当树叶和饱满如珠子的幼芽还没有开放的时候，这两棵交织在一起的白桦树的细枝，宛如一张细密的网，以蓝天为背景，整个儿显得清清楚楚。一连数年，在白桦树液运动期间，我欣赏着这张由活的树枝织成的精致的网，我注意那上面添了多少新枝，悉心研究这个极其复杂的生物的生命史，这树就像是由树干的专权所统一的一个国家。我在这两棵白桦树上发现许多奇异的东西，我常常想着不依赖我而生存的树，在我接近它的时候，我的心胸竟会开阔起来。

今天傍晚很冷，我情绪不大好。我从前猜测白桦树有"心灵"，今天觉得那不过是美的呓语，都是因为我自己把白桦树诗化了，才以为它们有心灵。实际上根本没有……

天空没有一丝阴云，却有一滴水突然滴到我的脸上。我以为是有什么鸟儿飞过，便举目寻找，却哪儿也不见有鸟，倒又有一滴水从无云的天空滴到我的脸上。这时我发现，就是我站在下面的那棵白桦树，它的高处有一根细枝折断了，树液便从那儿滴到我的脸上。

于是我又兴奋了起来，又去想我那两棵白桦，同时回忆起了一个友人，他把他的恋人看成圣母玛利亚；但他同恋人较为接近后，却感到了失望，而把自己的感情称作性爱的抽象。我多次想起这件事，想法却每每不同，现在白桦树液又给我新的启示，去想那友人及其圣母玛利亚的事。

"有人不像我的友人那样做法，"我想着，"有人像我本人一样，可以根本不同自己的叶芹草分开，而把她装在心中，同时和大家一起做事，把恋情瞒着大家。可是只要有恋情，就会有'心灵'——无论是恋人，也无论是白桦，都莫不如此。"

今天傍晚，在几滴白桦树液影响下，我又发现我那两棵姐妹白桦树是有"心灵"的。

秋叶

日出以前，初寒降临林中空地。且藏身在一边等着，瞧那空地上究竟会有什么情形！朦胧中，只见来了一些看不清的林中生物，后来整个空地铺上了一层白霜。朝阳揭晓，把霜一点点融化，在白色的地方，仍然还原为绿色。白霜消失，只在树木和土墩本身所投下的楔形的阴影里，还长久地留有那么一点白意。

从金黄色的树木之间看那蓝天之上，你真不明白是怎么回事。仿佛那是风儿在把树叶吹得飘飘悠悠，又像是小鸟儿成群结伙，在飞往温暖、遥远的异乡。

风——是个勤快的当家人。夏天里，它到处转悠，连在枝叶最稠密的地方也没有一片它不熟悉的叶子。转眼秋天到了，勤快的当家人正忙着秋收呢。

黄叶飘零，悄悄地说着永诀的话。它们向来如此：一旦离开了自己的天地，那就永别，死亡。

我又想起了叶芹草，我的心在这秋天的日子里也像在春天一样，充满了喜悦，我仿佛觉得：我像树叶似的离开了她，但是我不是树叶，我是人。也许我正需要这样做，因为，离开了她，失去了她，我跟整个人类世界也许就真正接近起来了。

当了俘虏的树

有一棵白桦树，以它顶层舒展的枝叶，像人的手掌一样，承接纷纷飘落的雪花，积起了厚厚的一层，使树梢弯了下来。不巧的是，到了解冻的天气，雪又下起来，旧雪添新雪，顶上树枝不胜负荷，便把整棵树弯成了弓形，直至树梢压根儿埋进了地面的积雪里，牢牢地一直到春天的来临。整个冬天，在这拱门之下，野兽通行，有时也有滑雪的人穿过。旁边一些高傲的云杉树，居高临下看着这棵压弯了的白桦，就像生来发号施令的人看着自己的下属。

春天，白桦恢复原状，和云杉伫立在一起。假如在下雪特多的冬天里它不曾被压弯，那么此后的冬天和夏天里它便可留在云杉中间，但是既已压弯过，那么现在只消不多雪，它便弯下身，直至年年都必定在小路上形成一个拱门。

在多雪的冬天，要进入年幼的树林是很可怕的，何况本来就进不去。夏天时有宽路可以行走的地方，现在路上却有压弯了的树挡着，而且弯得那么低，只有兔子才能从那下面穿过。但是我知道一个简单的妙法，可以在这样的路上行走而不必弯腰。我折一根结结实实的粗树枝，遇到弯树时，只消用这粗枝重重一击，积雪便形状各异地落下来，树一挺身，路也就让出来了。我这样慢慢地前进，不时以魔法般的一击，解放了许多树。

一缕活的烟

我回想起昨天夜里在莫斯科，一觉醒来，凭窗外一缕烟认出了时间：那是黎明前时分。不知从哪所房子哪一家的烟筒里，冒出烟来，在黑暗中依稀可辨，笔直的有如海市蜃楼中颤动不已的圆柱。眼前没有一个活的人，只有这活的烟，于是我的活的心也像这烟一样激动起来，在万籁俱寂中向上涌溢。我把额头贴在玻璃窗上，和这烟相对无言，度过了这黎明前的一段时光。

生存斗争

时序已到了小白桦把最后的黄叶撒落在云杉树上和入睡的蚂蚁窝上的时候了。在夕阳斜照中，我甚至看到小径上的针叶的闪光。我不停地在林中小径上走着，老是一边欣赏一边走着，我觉得森林像海洋，林边像海岸，林中空地像岛一样。在这个岛上，有几棵云杉紧挨着长在一起，我就坐在这云杉底下休息。原来，这些云杉顶上十分热闹。那儿结满了球果，松鼠，交喙鸟，想必还有许多我所不知道的生物，正在忙碌。云杉的底下却像房子的后门似的，一切都是阴森森的，树上球果壳时时飞下来。

如果能有一双慧眼观察生活，并且对于任何生物都抱同情态度的话，那么这儿就等于是一部引人入胜的书，可供阅读。就说交喙鸟和松鼠剥壳时掉下来的云杉球果的种子吧。最先，有这么一颗种子，落在白桦树下露出地面的树根之间。多亏了这白桦树给挡寒消暑，一棵小云杉长了出来。它的根在白桦树的外露的根之间扎下去，遇到了白桦的新根，被挡住去路以后，就长到白桦树根的上面来，绕了过去，扎入另一边的土中。现在这棵云杉已比白桦高了，它和白桦盘根错节地长在一起。

动

在漩涡旁边，是一片百花盛开的草地。我把自行车靠在树上，自己在一截圆木上坐下来；我活动了一阵以后，想静下来想事。但是既已活动过，失去了自制力，就半天也使唤不了脑子。所谓善于骑车，并不在于会转车把，而在于不管如何动，总能保持心静。要知道心愈静，便愈能看出和评断生活中的动。

大河

歌德毫不含糊地说过，人在观察大自然的时候，会把他所谓最美好的东西从心中统统掏出来。但是也有这样的情形，一个心眼卑微的人，这卑微的心眼因家庭口角更显卑微，当这个人走到大河旁边，望望河水，他的心胸却开阔起来，宽恕了一切，这又是为什么呢？

牧笛

天变得相当热了，但是朝露还很浓重，凉意侵人。牲口一早放出去，晌午就赶回来，免得被牛虻叮咬。牧笛有一种本事，它能传到每一户人家，也能飘进每一个睡眠中的灵魂。

今天那旋律传到了我的心中，我就想到我尽可以满足于过普普通通的生活。在这样的生活中，真正的幸福不是靠尽力追求而来，恰是你自己所过的生活的必然结果。而我之所以与人来往，是因为我想与人谈谈话，想同孩子们亲热亲热。无须用任何心计，也不必百般猜测，一切都自然得很：人所需要的是关心，而不是金钱。

可悲的想法

天气猛然转暖，彼嘉去捕鱼。他在泥炭湖里布上鱼网捕鲫鱼时，发现渔网对面的岸上有十来棵一人来高的小白桦树。圆圆的夕阳已经西沉了。青蛙和夜莺不再鸣叫，"热带之夜"喧闹的万物都进入梦乡了。

不过良夜虽好，有时一个可悲的人会心生可悲的想法，害得自己无法享受热带之夜的清福。彼嘉暗自揣测，会不会像去年一样，有人盯他的梢，把他的渔网偷走了。天刚蒙蒙亮，他就跑了去，果然看见一帮人站在他布渔网的地方。他怒火中烧，一心要为渔网同那十几个人搏斗。他急奔了过去，却又突然收步，脸上露出了笑容，因为那不是人，而是十来棵小白桦，夜来穿上春装，恰似人一般站着。

CIRCULUS VITIOSUS[2]

从前我曾纳闷，秃顶的人活着怎么不感到害臊，他们把秃顶边上一圈最后的长发梳得整整齐齐，甚至涂上什么油，抿得服服帖帖，这是哪儿来的嗜好，又是为了什么？秃顶的、大腹便便的、穿燕尾服的男人，面颊蜡黄、一身天鹅绒、钻石闪烁的老处女，他们怎么都好意思在世间露脸，好意思拿华贵的衣衫来打扮自己？二三十年过去了，我也不得不把头发向前梳了，有一回一个人掀开我的头发说："您有这么高大的前额，俊雅的秃顶，为什么要盖住啊？"于是我渐渐地完全不计较秃顶了。我不计较所有的缺陷了……甚至也不计较失去青年时代的叶芹草了。秃顶的、大腹便便的、蜡黄的、有病的人都不骚扰我的思绪了——只不过我还不能容忍平庸的人而已。我以为天才就像人秃顶一样，它也是会消失、令人不想写东西的，而且对此也是可以不计较的。因为毕竟不是你自己创造出你的天才，它是像浓密的头发一样长出来的，如果弃置不用，也会像头发一样脱落，也就是所谓作家"才尽"。问题不在于天才，而在于谁驾驭天才。这倒是不能失去的，这个损失是无以弥补的：这已经不是秃顶，不是肚子，这是我自己了。当"我自己"仍然存在的时候，无须为所失而哭泣，因为正如常言所说："丢了脑袋，就不会为头发而哭泣了。"也可以这么说吧："只要有脑袋，头发总会长出来的。"

离别和见面

我在观看一条流水的源头，心中惊叹不已。小丘上长着一棵树——一棵参天的云杉。滴滴雨水从枝丫汇集到树干上，壮大起来，遇到树干的曲折之处就跳过去，并不时地消失在裹着树干的浅绿色苔藓里。那棵树在接近根部的地方弯曲了，水滴就从苔藓里直接落到一个满是水泡的静静的水洼里。另外，枝叶上也直接落下各种水滴来，发出各种声音。

我眼看着树下的这个小湖决了口，一股水从雪底下向路那边流去，那条路现在成了堤坝。但是这股新的流水湍急有力，冲破了堤坝，在喜鹊的国度里向下直奔小河。河边的赤杨树丛被水淹了，每一根枝条都向树下的水面滴着水，激起了许多水泡。这些水泡一齐慢慢地向那股流水漂去，漂到以后突然像挣脱开了一样，落到河里，和其他泡沫一起漂流了。

烟雨霏霏中，不时发现一些鸟儿飞过去，我判断不了那是什么鸟。它们一边飞一边叽叽喳喳叫，河水的潺潺声使我听不清它们叽喳些什么。它们落在远处河边一丛树上。我走到那儿去，想弄明白是什么客人这样早就从温暖的地方来到我们这儿。

在流水的潺潺声和水滴的清亮乐声中，我像平常听了人作的真正音乐一样，脑子里萦回的总是自己，总是我那多年不能痊愈的伤痕……这样想来想去，慢慢使我想清楚了人的起点问题：当他向往幸福，和这些流水、水泡、鸟儿在一起的时候，这还不是人。人的起点是在他和这一切别离的时刻：这是意识的第一个阶梯。我就这样顺着阶梯，一级一级地，忘记一切，历尽痛苦，开始上升为一个抽象的人。

我听到了苍头燕雀的歌声以后，清醒了过来。我不相信自己的耳朵，但也很快明白，雾中所飞的鸟儿，那些早来的客人，全是燕雀。它们多得数不清，一边飞一边唱，停落在树上，也有许多散落在秋耕地上。心中所盼的这些鸟儿，一旦来到的时候，最怕的是如果它们来得不多，我正一心想着自己，很可能完全把它们错过了。

我心里寻思，我今天可能错过燕雀，明天就可能错过一个活着的好人，他没有得到我的关照而死去。我明白了，在我的这种抽象中，有着一种根本性大谬误的因素。

叶芹草的女儿

我全然不知她的下落了，而且从那以后又有许多年过去了。我一点也想不起她的容貌，即使当面见到，我也会认不出她来。只有那双眼睛，像两颗北极星似的眼睛，我当然是会认得出来的。

有一次，我到信托商店去买一件东西。我找到了那东西，付了钱，拿来取货单，然后去排队。就在旁边有另一个队，那是手头只有大票子的人，因为收款处没有零钱可找，只好再排队等着。那个队伍里有个年轻女人，要求我给换5个卢布：她只要两个卢布就够了。我的零钱正好有两个卢布，我很乐意请她拿走这两个卢布……

大概她不明白我的意思是想干脆把钱给她，无偿赠送。也可能是她还算开通，克服了虚假的羞涩感，愿意置世俗之见于不顾。遗憾的是，我递钱的时候，看了她一下，突然认出了无异是叶芹草的那双眼睛，那两颗北极星。在这一刹那间，我还穿透那双眼睛，窥探了一下她的灵魂深处，我脑子里一亮：莫非这就是"她"的女儿……

然而这么一看以后，要她收我的钱是不行了。也可能是她到这时候才明白，我是要把钱送给她这个不相识的人。

有什么了不起的，总共才两个卢布！我伸出拿着钱的手。

"不！"她说，"我不能这样拿您的钱。"

可我在认出那双眼睛的时刻，准备倾我所有统统给她，只要她说一个字，我准备跑到某处去，给她一趟又一趟地拿来……

我像乞丐中的乞丐一样，用哀求的目光看了看她，请求说：

"请拿去吧……"

"不！"她重复说。

当我现出十分不幸、遭人遗弃、备尝孤独之苦的人的样子时，她才突然若有所悟，露出无异是叶芹草的那种笑容，说道：

"我们这么办：您拿我的 5 个卢布，给我两个卢布。好不好？"

我喜不自胜地拿了她的 5 个卢布，并发现她十分理解和看重我的欣喜。

老椴树

我想着一棵树皮皱巴巴的老椴树。有多长的时间了，它安慰了它的老主人，又安慰着我，对我们始终没有二心。我钦佩它无私地为人服务的精神，我心中就像椴树开出芬芳的花朵一样，产生了一个希望：有朝一日，我或许也能和椴树一起盛开烂漫的鲜花。

欢 乐

痛苦在一颗心中愈积愈多，就会在晴朗的一天像干草一样燃烧起来，放出一团无比欢乐的烈焰而统统燃尽。

胜利

我的朋友，如果你自己失败了，那么无论在北方，也无论在南方，都没有你立足之地了：整个大自然对于一个失败的人说来，就是打了败仗的战场。但是如果你胜利了，哪怕只有荒凉的沼泽是你胜利的见证，那么沼泽也会百花竞开，万紫千红，而春天对你说来将永远是春天，是胜利的颂歌。

最后一个春天

也许，这个春天是我最后一个春天了。每一个年轻的和年老的人在迎接春天的时候，当然应该想到，也许这是他最后一个春天，他永远也不会返回到这个春天了。这么一想，春天的欢乐便会增加千万倍，每一个细小的东西，比如苍头燕雀，甚至一个油然而生的词儿，也都会各具特色，而且都会用某种方式声明，在这最后一个春天里，它们也应该有存在和共享春光的权利。

近在眼前的离别

时序到了秋天，不消说，周围万物都在悄悄地诉说着近在眼前的离别了；在喜气洋洋、阳光明媚的一个日子，这一片悄声细语中，加入了一种激越的声音：虽然只是一种声音，但那是我的！我寻思，也许我们的整个生活就像是一个日子，全部的人生智慧也可归结为同样的道理：只有唯一的一种生活，就好像秋天里唯一的阳光明媚的一个日子，而且是我的一个日子一样！

杜鹃

一棵白桦树倒在地上，我坐在树上休息的时候，一只杜鹃没有留意到我，几乎就在我身边落下来，并且发出一种吐气的声音，仿佛对我们这样说：好吧，我来试试，看怎么样？于是就"咕"地叫了一声。

"一！"我数了起来，照老习惯猜测我还能活几年。

"二！"

它刚叫了第三声"咕"，恰好我也刚想数我的"三"……

"咕！"它叫罢就飞走了。

我竟没有数成我的"三"。这么说，我的日子不太多了，但是这并不恼人，我活得够了，恼人的是，这两年挂零的时间如果老在准备做一件特大的事，等到万事俱备，动起手来，不料"咕"的一声……那就一切都完了！

那么值不值得去准备呢？

"不值得！"我想。

然而我站起身来，最后看了一眼白桦树时，便不觉心花怒放起来：这棵了不起的倒树，正为了自己最后一个春天，只为了今年这个春天，吐露着饱含树脂的幼芽呢。

大地的微笑

在像高加索那样的绵绵崇山里，到处都留有地壳生活中的大规模斗争和变迁的痕迹，有如人脸上的痛苦模样和恐怖怪相。那儿简直可以亲眼见到激流劈山，乱石滚滚。也许，我们莫斯科省从前也有过类似斗争，只不过那是遥远的往事了，如今水已不再逞威，这儿的大地上留着点点林木翁郁的绿色小丘，煞像堆起了笑容。

举目遥望这片可爱的小丘，回忆自己的往昔，有时不免要想："不，我不愿意再重温旧梦，不愿意再返老还童了！"于是就和大地一起微微含笑，若有所喜。

林中的太阳

好一片密林，密得叫人无法一下子看到天际的太阳，只有凭了斑斑驳驳的和像箭似的金光，你才能猜到太阳就藏在那棵大树后面，从那儿向着黑暗的林中投来清晨的斜光……

从敞亮的空地走进林中，就像进了山洞一般，但是你若环视四周，真是妙极了！在阳光明艳的日子里，处身于黑暗的林中，简直是美不可言。我想那时无论是谁，尘思会顿然消失，心境会豁然开旷。那时欢愉的思绪将会从一个光斑飞向另一个光斑，一路飞到阳光明艳的空地上，突然抱住一棵枝叶扶疏有如小塔楼似的云杉，像毫不懂事的小姑娘似的为桦树的白皙而神迷，把红喷喷的小脸蛋藏到它那郁茂的绿叶中，在阳光下兴冲冲地再从一个空地奔向另一个空地。

老椋鸟

椋鸟孵化出来，都飞走了，原来栖身的椋鸟巢，早已被麻雀占据了。但是直到今天，在露珠辉映、风清气爽的早晨，老椋鸟还要飞到这棵苹果树上来，放声歌唱。

看来真怪，百事都已了结，母鸟生育早毕，雏鸟也长成飞走……老椋鸟究竟为什么还要天天早晨飞到曾经度过它的春天的苹果树上来，放声歌唱呢？

我对那椋鸟惊讶不已，听着它那含混不清、十分可笑的歌声，我怀着一种莫名的希望，没来由地有时候也写几句东西。

小鸟

一只小极了的鸟儿，落在一棵最高的云杉梢头上。它落在那儿看来是不无原因的，它也在歌颂朝霞哩；它那小嘴张开着，但是歌声没有传到地面上来，看它那副神态可以明白：它的事就是歌颂，而不在于让歌声传到地面上来，歌颂小鸟本身。

开花的草

像田野上的黑麦一样，草地上的禾本科植物也都开花，当昆虫微微摇动那小小的植物的时候，花粉就像金色的云一样把它笼罩。所有的草都开花，就连车前草也不例外——车前草算什么草呀，也浑身挂满了白白的珠串。

拳参、肺草，各种各样的小穗，状如小纽扣似的东西，小球果，它们都被细茎托住，频向我们致意。随着人间岁月的流逝，它们也不知道逝去了多少，但是看来依然是同样的拳参和小穗，同样的老朋友。你们好啊，你们好啊，亲爱的！

野蔷薇开花

野蔷薇大概早从入春以来就顺着小白杨的树干往上爬，想要钻到它的枝叶中去。如今白杨树庆祝自己的命名日，野蔷薇就满树怒放着红艳艳的香气扑鼻的鲜花。蜜蜂和黄蜂嗡嗡叫着,丸花蜂低吟着,它们都飞来祝贺命名日,喝点清露,采蜜回家。

鼓鼓的水泡

　　成天细雨蒙蒙,天气闷热。青鸟的歌声不像以前了——那是在温暖的阳光中,为求偶而歌唱的。现在它沐着春雨,不断地鸣叫,它淋了雨,看去仿佛变瘦了:在树枝上显得那么娇小。乌鸦连树都不愿意上,干脆在路上发情,苦苦哀求,声音哽塞嘶哑,心焦得喘不上气来。

　　水的春天匆匆来到。田野和森林里的雪都成粒状了,走路时可以像滑雪板那样移动脚步。森林里一棵棵的云杉树下,出现了小小的平静的水塘。在宽敞的空地上,急雨如注,却没有在水洼上冒起水泡。但在云杉树下的水塘中,树枝上掉下沉重的水滴,每一滴都在水中冒起鼓鼓的、饱满的水泡。我喜欢这些水泡,它们使我想起了既像父亲又像母亲的婴儿。

亲爱的茶炊

　　有时心中是这样的恬静,这样的莹澄。你以这种心境去观察任何一个人,如果他漂亮,你就会赞美,如果丑陋,你就会惋惜。那时，你无论遇上什么物件，都会感觉到那里面有把它创造出来的人的心。

此刻我在摆弄茶炊，这是我使用了 30 年的一个茶炊。我亲爱的茶炊这时候火着得格外欢快，我小心地侍弄，免得它沸腾起来的时候，淌下眼泪来。

韵律

我的天性中，素来有渴求韵律的愿望。有时早晨起来，迎着露水出去，心旷神怡，就会打定主意，应该每天早晨这样出去。为什么要每天早晨呢？因为一浪赶一浪啊……

水

在大自然中，谁也无法隐藏自己的心迹，就像水把什么都隐藏在自己的深处一样。只有面对洋溢着喜气的漫天朝霞时，人的心里才会这样：原先设法隐藏，仿佛埋进了内心的深处，而这深处却有一条支流通向同一血统的世界，从那儿汲取一点起死回生的神水，回到我们人世间，这时，你的面前就会豁然呈现一片浩渺无际、绚烂多彩、耀眼生花的凝静水面。

幼嫩的小叶子

云杉开出红蜡似的花，飘落着黄色的花粉。在一个巨大的老树墩旁边，我径直坐在地上；这个树墩的内部完全是朽物，要不是树墩边上坚固的木质还没有像木桶片似的散裂，每一片木头不紧贴着朽物，不给它支持，它就一定会全部解体了。但是，朽物里边却长出了一棵小白桦树，业已枝繁叶茂。还有许多各色各样结浆果的开着花的草，从周围衬托着这个巨大的老树墩。

树墩把我吸引住了，我坐在小白桦旁边，满心想要听听小叶子颤抖的簌簌声，却什么也听不见。风相当大，云杉上的林涛送来一阵阵强劲的乐声。有一阵乐声没有传到这儿来，只听见它远去了，声幕落了下来，片刻间出现了一片沉寂，苍头燕雀就趁机一个劲儿欢快地啁啾起来。听它欢叫，真叫人兴奋——你会想到，生活在大地上是多么美好！然而我真想听听我那棵白桦上浅黄色、亮闪闪、有一股清香、还不大的树叶的簌簌声。不！它们还是这样的幼嫩，只会颤抖、闪光、发香，不会作声啊。

在老树墩旁边

森林里是从来也不空的，如果觉得空，那是自己错了。

森林里一些老朽树的巨大树墩，它们周围原是一片宁静。热烘烘的阳光穿过树枝，落到它们黑暗的身上。树墩一发热，周围的一切便都得到温暖，成长起来，活动起来，树墩上也长出了新绿，终被各色繁花覆盖上了。仅仅在太阳所照到的一个明亮发热的光点上，就停着 10 只螽斯，两只蜥蜴，6 只苍蝇，两只步行虫……高高的蕨草像宾客似的云集四周，不知在哪儿喧响的风儿，间或百般温柔地向它们轻轻吹拂，于是老树墩客厅里的一棵蕨草就俯身向另一棵蕨草，悄悄说什么话，那一棵草又向第三棵草说话，以至所有的客人都交头接耳了起来。

在溪边

小白桦树虽早已展枝吐叶，却隐没在高高的青草中了。当年我拍摄它们的时候，还是在第一个春天，那时在这棵小白桦树底下的雪中，有一条小溪的源头，溪水在一片发青的雪地中流去，看去像一条黑带。自从那些小白桦葱茏郁茂，树下长出各种带着五颜六色的小穗、小球果、小叶柄的草以来，小溪中有许多许多的水流走了，小溪本身也长满了墨绿的浓密的苔草，密得使我没法知道溪里现在还有没有一点水。这正如我本人眼下的光景：自从我们分别以来，不知有多少水流走了，如今凭我的模样，谁也没法知道我心灵的小溪仍然在欢腾。

水的歌声

水的春天集中了彼此相近的声音：有时，你半天也分不清那是水声汩汩，还是黑雷鸟低吟，还是蛙鸣。一切都汇合为水的歌声，田鹬在水面上和谐地像神羊似的叫着，山鹬和着水声发出嘶哑的声音，麻鳽神秘地呜呜不休，这奇怪的鸟鸣全都出于春水之歌。

风吹琴的乐声

悬挂在陡岸下面的又密又长的树根，如今在黑魆魆的岸边凹处的下面变成了一根根冰锥，愈来愈长，直达水面。春风徐来，水波微兴，冰锥末端禁不住晃晃悠悠，彼此碰撞，发出叮叮咚咚的响声。这响声，是春天的初声，是风吹琴的乐声。

第一朵花儿

我以为是微风过处，一张老树叶抖动了一下，却原来是第一只蝴蝶飞出来了。我以为是自己眼冒金星，却原来是第一朵花儿开放了。

致不认识的朋友

今天这阳光明媚、清露辉映的早晨，有如尚未开发的土地和未经考察的空层。这个独一无二的早晨，谁都还没有起床，谁都没有看见什么，而你是第一个看见。

夜莺快唱完它们的春歌了，幽静的地方还留有蒲公英，铃兰也许还在哪儿阴湿的地方发着白色。伶俐的夏鸟鹪鹩帮上了夜莺的忙，而黄鹂的长笛声尤为悠扬。鸫鸟不安的叽叽叫声到处可闻，啄木鸟却已十分疲倦，不再为它的子女寻找活的食物，干脆远离它们停在树枝上休息。

起来吧，我的朋友！收集你的幸福之光吧，勇敢一些，开始奋斗，帮太阳的忙吧！你听，连布谷鸟都来帮你的忙了。你瞧，鸟在水上漫游，这不是一只普普通通的鸟，在今天早晨，它是第一只，是独一无二的一只，再瞧那些喜鹊，身上露水闪闪发光，走到小路上来了，明天它们就不会完全像今天这样闪光了，而且明天也不同于今天了，这些喜鹊也会在别的什么地方了。这是个独一无二的早晨，整个地球上哪一个人都没有见到这个早晨，只有你和你的不认识的朋友见到它。

千万年来人们生活在大地上，彼此赠送着欢乐，把它积聚起来，是为了你来拾起它，高高兴兴收集它的万般妙趣。勇敢一些，勇敢一些吧！

一见云杉、小白桦，心胸又开阔起来。我目不转睛地望着松树上宛如绿色蜡烛似的花，望着云杉上鲜嫩的红球果。云杉、小白桦，多么美啊！

最高的一轮枝叶

昨日的残雪今晨仍未消融。后来出了太阳，但整天朔风凛冽，浓云飘浮。浓云时而让太阳露脸，时而又把它遮没，不祥地预示着……

在森林里背风的地方，却照样充满了春天的生机……

简直如同一个令人神往的童话，你瞧树上一层层旁逸斜出的枝条垂挂下来，彼此相连，或纠结在一起，虽没有浓翠的繁叶，却已开出朵朵萎黄花，或已育出长长的挺秀的绿芽。

稠李结了一串串青色的花苞，接骨木上星星点点满是带细毛的红花，那早春的柳树，已有极细的嫩黄的花儿从原先的毛茸茸的小柳被下面绽出，一簇簇的就像刚刚破壳而出的黄毛鸡雏。

就连并不老的云杉的树干，也像长了毛似的布满了绿色的细针叶，而在最高层的一轮枝叶中的一根最高的树枝上，正在明显地现出未来一轮新枝叶的新"节子"……

我的意思并不是要我们这些复杂的成年人回到童年去，而是希望每个人都能在自己的心里保持着童年，永远不要忘记它，并且像树那样安排自己的生活：年幼的一轮枝叶总是在树冠上的亮处，而树干是它的实力，这树干就是我们成年人。

麦粒

现在连莎士比亚的想象力也不能使我这个当作家的慑服了，因为我十分清楚，假如我能够不用想象力，只靠耐心的发掘，在自己心中找到一粒人人赖以活命的东西，并且把这一点叙述出来的话，那么莎士比亚本人就会把我当弟弟叫到他的狩猎城堡去了，他也绝不会想到要拿他的奇才，来贬低我这颗对于某个朋友的信任的麦粒了。

隐蔽的生活

在这百花争艳的林中空地上，很早以前是住过人的，你瞧那一圈看来是挖掘过的痕迹，再瞧那一处也是挖掘过的，那儿也许曾是房子，这儿是地窖，从草地上那一溜青草的浓绿颜色看来，可以猜想到那是一条路，早已死去的人曾在这条路上行走。

我在这一溜草上走着，心中不免悠然遐想起来，我竟能从自己身上发现那个早已死去的人，当年他走在这条路上，如今借了"我"的形骸走在浓绿的草上。

这个人在我身上复活以后，我便在一棵巨大的柞树下，凭了鲜嫩的青草，看到了另一棵大树的深绿色的形象。稍加思索，我便猜到了，同这棵树曾长久地生长在一起的另一棵柞树，早已倒地，化为尘埃，成为肥料，养育出了嫩草地上的浓浓的绿茵。

幼芽发光的晚上

幼芽正在开放，像巧克力的颜色，拖着绿色的小尾巴，而在每个绿色的小嘴上挂着一大颗亮晶晶的水珠。你摘下一个幼芽，用手指揉碎，可以闻到一股经久不散的白桦、白杨的树脂香味，或是稠李的惹人回忆往昔的特殊香味；你会想起，从前常常爬到树上去采那乌亮乌亮的果实，一把一把地送进嘴里连核吃下去，那样的吃法，除了痛快以外，不知怎的从未有过一点儿不适的感觉。

晚上温暖宜人，静得出奇，你预料会有什么事就要发生，因为在这样寂静中，总会有事的。果然不出所料，树木仿佛彼此间开始对话了：一棵白桦同另一棵白桦远远地互相呼唤，一棵年幼的白杨像绿色的蜡烛似的立在空地上，正在为自己寻找一支同样的蜡烛；稠李们彼此伸出了抽华吐萼的枝条。原来，同我们人类比较的话，我们人类彼此招呼是用的声音，它们却用的是香味：此刻每一种花木都散发着自己的香味。

天色暗下来的时候，幼芽消失在黑暗中了，但是幼芽上的水珠却闪闪发光，就连在灌木丛中黑咕隆咚什么也看不清的时候，水珠仍在发光。只有水珠和天空在发光：水珠从天空把光取来，在黑暗的森林中给我们照亮。

我仿佛觉得自己的全身缩小为一个饱含树脂的幼芽，想要迎着那独一无二的不认识的朋友开放。那是一个非常好的人，我只要一等起他来，一切妨碍我行动的东西都会像尘烟一般消散了。

林中小溪

如果你想了解森林的心灵，那你就去找一条林中小溪，顺着它的岸边往上游或者下游走一走吧。刚开春的时候，我就在我那条可爱的小溪的岸边走过。下面就是我在那儿的所见、所闻和所想。

我看见，流水在浅的地方遇到云杉树根的障碍，于是冲着树根潺潺鸣响，冒出气泡来。这些气泡一冒出来，就迅速地漂走，不久即破灭，但大部分会漂到新的障碍那儿，挤成白花花的一团，老远就可以望见。

水遇到一个又一个障碍，却毫不在乎，它只是聚集为一股股水流，仿佛面临免不了的一场搏斗而收紧肌肉一样。

水颤动着，阳光把颤动的水影投射到云杉树上和青草上，水影就在树干和青草上忽闪。水在颤动中发出淙淙声，青草仿佛在这乐声中生长，而水影显得那么调和。

流过一段又浅又阔的地方，水急急注入狭窄的深水道，因为流得急而无声，就好像在收紧肌肉。太阳不甘寂寞，让那水流紧张的影子在树干和青草上不住地忽闪。

如果遇上大的障碍，水就嘟嘟哝哝地仿佛表示不满，这嘟哝声和从障碍上飞溅过去的声音，老远就可听见。然而这不是示弱，不是诉怨，也不是绝望，这些人类的感情，水是毫无所知的，每一条小溪都深信自己会到达自由的水域，即使遇上像厄尔布鲁士峰一样的山，也会将它劈开，早晚会到达……

太阳所反映的水上涟漪的影子，像轻烟似的总在树上和青草上晃动着。在小溪的淙淙声中，饱含树脂的幼芽在开放，水下的草长出水面，岸上青草越发繁茂。

这儿是一个静静的漩涡，漩涡中心是一棵倒树，有几只亮闪闪的小甲虫在平静的水面上打转，惹起了粼粼涟漪。

水流在克制的嘟哝声中稳稳地流淌着，它们兴奋得不能不互相呼唤：许多支有力的水都流到了一起，汇合成了一股大的水流，彼此间又说话又呼唤——这是所有来到一起又要分开的水流在打招呼呢。

水惹动着新结的黄色花蕾，花蕾反又在水面漾起波纹。小溪的生活中，就这样一会儿泡沫频起，一会儿在花和晃动的影子间发出兴奋的招呼声。

有一棵树早已横堵在小溪上，春天一到竟还长出了新绿，但是小溪在树下找到了出路，匆匆地奔流着，晃着颤动的水影，发出潺潺的声音。

有些草早已从水下钻出来了，现在立在溪流中频频点头，算是既对影子的颤动又对小溪的奔流的回答。

就让路途当中出现阻塞吧，让它出现好了！有障碍，才有生活：要是没有的话，水便会毫无生气地立刻流入大洋了，就像不明不白的生命离开毫无生气的肌体一样。

途中有一片宽阔的洼地。小溪毫不吝啬地将它灌满水，并继续前行，而留下那水塘过它自己的日子。

有一丛大灌木被冬雪压弯了，现在有许多枝条垂挂到小溪中，煞像一只大蜘蛛，灰蒙蒙的，爬在水面上，轻轻摇晃着所有细长的腿。

云杉和白杨的种子在漂浮着。

小溪流经树林的全程，是一条充满持续搏斗的道路，时间就由此而被创造出来。搏斗持续不断，生活和我的意识就在这持续不断中形成。

是的，要是每一步没有这些障碍，水就会立刻流走了，也就根本不会有生活和时间了……

小溪在搏斗中竭尽力量，溪中一股股水流像肌肉似的扭动着，但是毫无疑问的是，小溪早晚会流入大洋的自由的水中，而这"早晚"就正是时间，正是生活。

一股股水流在两岸紧挟中奋力前进，彼此呼唤，说着"早晚"二字。这"早晚"之声整天整夜地响个不断。当最后一滴水还没有流完，当春天的小溪还没有干涸的时候，水总是不倦地反复说着："我们早晚会流入大洋。"

流净了冰的岸边，有一个圆形的水湾。一条在发大水时留下的小狗鱼，被困在这水湾的春水中。

你顺着小溪会突然来到一个宁静的地方，你会听见，一只灰雀的低鸣和一只苍头燕雀惹动枯叶的簌簌声竟会响遍整个树林。

有时一些强大的水流，或者有两股水的小溪，呈斜角形汇合起来，全力冲击着被百年云杉的许多粗壮树根所加固的陡岸。

真惬意啊：我坐在树根上，一边休息，一边听陡岸下面强大的水流不急不忙地彼此呼唤，听它们满怀"早晚"必到大洋的信心互——打——招——呼。

流经小白杨树林时，溪水融融荡荡像一个湖，然后集中涌向一个角落，从一米高的悬崖上垂落下来，老远就可听见哗哗声。这边一片哗哗声，那小湖上却悄悄地泛着涟漪，密集的小白杨树被冲歪在水下，像一条条蛇似的一个劲儿想顺流而去，却又被自己的根拖住。

小溪使我流连，我老舍不得离它而去，因此反倒觉得乏味起来。

我走到林中一条路上，这儿现在长着极低的青草，绿得简直刺眼，路两边有两道车辙，里边满是水。

在最年轻的白杨树上，幼芽正在舒青，芽上芳香的树脂闪闪有光，但是树林还没有穿上新装。在这还是光秃秃的林中，今年曾飞来一只杜鹃：杜鹃飞到秃林子来，那是不吉利的。

在春天还没有装扮，开花的只有草莓、白头翁和报春花的时候，我就早早地到这个采伐迹地来寻胜，如今已是第十二个年头了。这儿的灌木丛、树木，甚至树墩子我都十分熟悉，这片荒凉的采伐迹地对我说来是一个花园：每一棵灌木，每一棵小松树、小云杉，我都抚爱过，它们都变成了我的，就像是我亲手种的一样，这是我自己的花园。

我从自己的"花园"回到小溪边上，看到一件了不得的林中事件：一棵巨大的百年云杉，被小溪冲刷了树根，带着全部新、老球果倒了下来，繁茂的枝条全都压在小溪上，水流此刻正冲击着每一根枝条，一边流，一边还不断地互相说着："早晚……"

小溪从密林里流到空地上，水面在艳阳朗照下开阔了起来。这儿水中蹿出了第一朵小黄花，还有像蜂房似的一片青蛙卵，已经相当成熟了，从一颗颗透明体里可以看到黑黑的蝌蚪。也在这儿的水上，有许多几乎同跳蚤那样小的浅蓝色的苍蝇，贴着水面飞一会儿就落在水中；它们不知从哪儿飞出来，落在这儿的水中，它们的短促的生命，好像就在于这样一飞一落。有一只水生小甲虫，像铜一样亮闪闪，在平静的水上打转。一只姬蜂往四面八方乱窜，水面却纹丝不动。一只黑星黄粉蝶，又大又鲜艳，在平静的水上翩翩飞舞。这水湾周围的小水洼里长满了花草，早春柳树的枝条也已开花，茸茸的像黄毛小鸡。

小溪怎么样了呢？一半溪水另觅路径流向一边，另一半溪水流向另一边。也许是在为自己的"早晚"这一信念而进行的搏斗中，溪水分道扬镳了：一部分水说，这一条路会早一点儿到达目的地，另一部分水认为另一边是近路，于是它们分开来了，绕了一个大弯子，彼此之间形成了一个大孤岛，然后又重新兴奋地汇合到一起，终于明白，对于水说来没有不同的道路，所有道路早晚都一定会把它带到大洋。

我的眼睛得到了愉悦，耳朵里"早晚"之声不绝，杨树和白桦幼芽的树脂的混合香味扑鼻而来，此情此景我觉得再好也没有了，我再不必匆匆赶到哪儿去了。我在树根之间坐了下去，紧靠在树干上，举目望那和煦的太阳，于是，我梦魂萦绕的时刻翩然而至，停了下来，原是大地上最后一名的我，最先进入了百花争艳的世界。

我的小溪到达了大洋。

花河

在一支支春水曾经流过的地方，如今是一条条花河。

走在这花草似锦的地方，我感到心旷神怡；我想："这么看来，混浊的春水没有白流啊！"

增添生机的细雨

朝阳冉冉升起，又悄悄隐匿，温暖的春雨淅淅沥沥下了起来，给植物增添生机，犹如爱情之于我们人类。

树木正在回春，温暖的细雨洒在饱含树脂的幼芽上，还亲切地触摸着树皮，眼看着使它改变颜色。见了这情景，你会想到：这温暖的天水之于植物，正如爱情之于我们。也正如我们的爱情一样，植物的水——爱情——给参天大树的根部以温存，把它们洗干净，于是，承受了这爱情——水——的大树，便轰然倒了下来，成了一座通往彼岸的桥梁，而天雨——爱情——还不断地洒在已暴露着根部的倒树身上，正因为有了这爱情，大树虽倒下，它身上的幼芽却纷纷开放，散发着树脂的清香，这大树今春会像所有的树一样开花，给别的生物以生机……

水和爱情

对于动物，不论那是昆虫还是人，最合意的是爱情，对于植物，却是水：植物所渴望的水，有来自地上，也有来自天上，正如我们有尘世的爱情和天上的爱情一样……

稠李

白桦倒在地上，我满怀同情，坐在它身上休息。我的眼睛看着一棵大稠李，却一会儿把它忘记，一会儿又吃惊地注意到它：我好像觉得那稠李在我看它的当儿，披上了仿佛用林涛做成的透明的盛装。是啊，在灰蒙蒙的，还没有上装的树木和密密的灌木之间，稠李是绿色的，从它绿色的枝叶间，我还看见它后面有茂密的白森森的小白桦树。但是当我站起身来，想同绿色的稠李告别的时候，我又似乎觉得它后面的小白桦树全然不见了。这究竟是怎么一回事啊？不是我自己的错觉，就是……就是那稠李在我休息的当儿披上盛装了……

松树

我多么想这些松树能够永远存在，我还想它们能够为我所有，让我可以永远欣赏、爱抚。"永远存在"和"据为己有"这8个字，正是艺术家所追求的：莎士比亚的卷卷著作和泼留希金[3]的大箱都源于这些同样的道理。

一口牛奶

一盘牛奶放在拉达[4]嘴边，它却扭过脸去。家人叫我管一管。

"拉达，"我说，"该吃啦。"

它抬起头，摇动尾巴。我把它抚摩了一下；这一亲热，它眼中便有了生气。

"吃吧，拉达。"我又说着，把碟子挪得更近些。

它把嘴伸向牛奶，舐了起来。可见，由于我的亲热，它增添了活力。而且，也许正是这几口牛奶，发生了起死回生的作用。世界上爱的问题，可由这样一口牛奶解决。

女房东

安娜·达妮洛芙娜真是个贤妻良母：尽管有 4 个小孩，自己又在铁路售票处当清洁工，家里两个房间却收拾得井井有条。只要回想一下旧日的村子：满地牲口粪，还有拖着两条鼻涕、无人照管的孩子，靠老婆干活过日子的酒鬼……真仿佛是到了人间天堂！但当我把这话说给安娜·达妮洛芙娜听的时候，她却面露忧容，告诉我说，她十分怀念故乡，宁可抛弃一切，立时回到那儿去。

"您呢，瓦西里·扎哈罗维奇？"我问她的丈夫，"您也想回农村老家去吗？"

"不，"他回答道，"我哪儿也不想去。"

原来他是萨马拉边区人，是他一家人当中 1920 年唯一没有饿死的幸存者。他从小给村子里一个老家伙扛活，离开时分文也没有得到，只是从村里带了安娜·达妮洛芙娜，到造船厂当工人去了。

"为什么您不想回故乡呢？"我问他。

他笑了笑，和妻子稍稍使了使眼色，腼腆地说：

"这就是我的故乡。"

姗姗来迟的春天

铃兰开花在先，野蔷薇开花在后：花开花落都各有其时。但有时候，铃兰花谢已整整一个月了，在一个黑森森的密林深处，却还有一朵兀自在开放，发着馨香。虽然这是极少有的事，但是人有时也会这样。在某个静寂的地方，在人间的一个暗角，有一个不为人知的人；人们以为他"活过时了"，不理睬他。可他却出人意料地走了出来，光彩夺目，赛如花开。

母菊

多么令人兴奋啊！在森林中的草地上遇到了一棵母菊，是最普通的那种"爱不爱我"。在这令人兴奋的邂逅中，我又想到，林中花木是只为有心人开放的。就说这第一棵母菊吧，它看到一个走路的人时，就猜测："爱不爱我呢？""他没有发现我，没有看见就要走过去了，——他不会爱我了，他爱的只是自己。或者，他发现我了……啊，多么高兴：他爱我！只要他爱我，那多好啊：如果他爱我，还可能把我摘了去呢。"

爱情

在这位老艺术家的生活中，已经没有叫作爱情的任何痕迹了。他的全部爱情，一生心血，都献给了艺术。他为他的幻影所围绕，为诗的轻纱所笼罩，他的童心始终不灭，自然界的生活有时惹得他忧心忡忡，失魂落魄，有时又教他狂喜不禁，如痴如醉，他却以此为满足。也许过不了几多时日，他会死去，但他到临死时也还相信大地上的全部生活就是这样的……

但是曾有一回，一个女人来到他身边，他对她而不是对幻影喃喃说了我爱你。

大家都是这么说的，叶芹草却企望艺术家有特殊的、不平凡的感情表达法，于是问道：

"你说的'我爱你'是什么意思？"

"意思是说，"他答道，"如果我有最后一块面包，我不吃，把它给你；如果你生病，我不离开你；如果要为你工作，我会像驴子一样使尽力气……"

他还说了许多诸如此类为人们出于爱情所常说的话。

叶芹草企望不寻常的事，却落空了。

"给最后一块面包，照料病人，像驴子一样干活，"她重复道，"这还不是跟大家一样，大家都这么做的……"

"我就是愿意这样，"艺术家回答说，"我愿意现在和所有的人一样。我要说的正是，我最终感到无限幸福的，是不认为自己是特殊的孤单的人，而是同所有好人一样的人。"

林中水滴

树

树根

太阳上山之前，但见明月悠悠，向西坠落——比昨天显得远多了，竟没有在化了冰的水面上倒映出来。

太阳时而露脸，时而被浮云遮住，你满以为："要下雨了。"然而始终不下。天却暖和了起来。

昨日热烘烘的阳光还没有把新结的冰融化净尽，留下两条薄薄的晶莹的冰带，如同宽宽的饰绦，镶在河的两岸；碧绿的流水泛起涟漪，惹动着那薄冰，发出像孩子往上扔石子的声音，又像有大群鸟儿叽叽喳喳地横空飞过。

水面有几处昨天留下的薄冰，好似夏天的品藻，红嘴鸥游过，留下了痕迹，从岸上孩子手中逃脱的野鼠跑过，却无半点塌陷。

举目望那整片浸水的草地上仅有的一棵小树——我窗前的那棵榆树，只见所有的候鸟都栖身在那上头，有苍头燕雀、金翅雀、红胸鸲，我就频频联想到又一棵树，当年行役天涯的我，在那棵树上停下来，从此和它融为一体，它的根也就成了我长入故土的根。在我像候鸟一般漂泊不定的生涯中，就是这样在自己的根上站立起来的。

蛇麻草

一棵敧斜在漩涡上头的参天云杉枯死了，连树皮上的绿苔的长须都发黑了，萎缩了，脱落了。蛇麻草却看中了这棵云杉，在它身上愈爬愈高——当它爬高了的时候，它从高处看到了什么呢？自然界发生了什么呢？

一条树皮上的生命

去年，为了使森林采伐迹地上的一个地方便于辨认，我们砍折了一棵小白桦作为标记；那小白桦因此就靠了一条树皮危急地倒挂着。今年，我又寻到了那个所在，却叫人惊讶不已：那棵小白桦居然还长得青青郁郁，看来是那条树皮在给倒悬的树枝输送液汁呢！

瑞香

朋友刚离我而去，我环顾四周，目光落在一个被空的云杉球果穿满了孔的老树桩上。

啄木鸟在这儿操劳了一个冬天，树桩周围厚厚的一层云杉球果，都是它一冬中衔来，剥了壳吃了的。

从这层果壳下面，一枝瑞香好容易钻到世界上来，争得了自由，盛开着小小的紫红花朵。这枝春天最早开放的花儿的细茎，果然十分柔韧，不用小刀是几乎折不断的，不过也好像没有必要去折它：这种花远远闻去异香扑鼻，有如风信子，但移近鼻子，却有一股怪味，比狼的臊气还难闻。我望着它，心里好不奇怪，并从它身上想起了一些熟人：他们远远望去，丰姿英俊，近前一看，却同豺狼一般，其臭难闻。

树桩——蚂蚁窝

森林中有些老树桩，像瑞士干酪似的浑身是小窟窿，却还牢牢地保持着原来的形状……但是如果坐到这种树桩上去，窟窿之间的平面一定会破碎，你在树桩上会感到稍稍陷落下去。当你感到有些陷下去了，就得赶快站起来，因为你身下这棵树桩的每一个窟窿中，会爬出成批成批的蚂蚁来，原来这虚有其表的多孔的树桩，却是个完整的蚂蚁窝。

森林的墓地

人们砍了一片树木去做柴禾，不知为什么没有全部运走，这里那里留得一堆一堆，有些地方的柴堆，已经完全消失在繁生着宽大而鲜绿的叶子的小白杨树丛中或茂密的云杉树丛中了。熟悉森林生活的人，对于这种采伐迹地是最感兴趣不过的，因为森林即是一部天书，而采伐迹地是书中打开的一页。原来松树被砍掉以后，阳光照射进来，野草欣然苗长，又密又高，使得松树和云杉的种子不能发育成长。大耳的小杨树居然把野草战胜了，不顾一切地长得蓊蓊郁郁。待它们压服了野草，喜阴的小云杉树却又在它们下面成长起来，而且竟超过了它们，于是，云杉便照例更替松树。不过，这个采伐迹地上的是混合的森林，而最主要的，这里有一片片泥泞的苔藓，——自从树林砍伐以后，那苔藓十分得意，生气勃勃哩。

就在这个采伐迹地上，现在可以看到森林的丰富多彩的全部生活：这里有结着天蓝色和红色果实的苔藓，有的苔藓是红的，有的是绿的，有像小星星一般的，也有大朵的，这里还有稀疏的点点的白地衣，并且夹有血红的越橘，还有矮矮的丛林……各处老树桩旁边，幼嫩的松树、云杉和白桦被树桩的暗黑的底色衬托出来，在阳光下显得耀眼生花。生活的蓬勃交替给人以愉快的希望。黑色的树桩，这些原先高入云霄树木那裸露的坟墓，丝毫也不显得凄凉，哪里像人类墓地上的情景。

树木的死法各不相同。譬如白桦树，它是从内部腐烂的，你还一直把它的白树皮当作一棵树，其实里面早已是一堆朽物了。这种海绵似的木质，蓄满了水分，非常沉重；如果把这样的树推一下，一不小心，树梢倒下来，会打伤人，甚至砸死人。你常常可以看到白桦树桩，如同一个花球：树皮依然是白的，树脂很多，还不曾腐烂，仿佛是一个白衬领，而当中的朽木上，却长满了花朵和新的小树苗。至于云杉和松树，死了以后，都先像脱衣服一般把全身树皮一截一截脱掉，做堆儿归在树下。然后树梢坠落，树枝也断了，最后连树桩都要烂完。

如果有心细察锦毯一般的大地，无论哪个树桩的废墟都显得那么美丽如画，着实不亚于富丽堂皇的宫廷和宝塔的废墟。数不尽的花儿、蘑菇和蕨草匆匆地来弥补一度高大的树木的消殒。但是最先还是那大树在紧挨树桩的边上发出一棵小树来。鲜绿的、星斗一般的、带有密密麻麻褐色小锤子[1]的苔藓，急着去掩盖那从前曾把整棵树木支撑起来、现在却一截截横陈在地下的光秃的朽木；在那片苔藓上，常常有又大又红、状如碟子的蘑菇。而浅绿的蕨草，红色的草莓、越橘和淡蓝的黑莓，把废墟团团围了起来。酸果的藤蔓也是常见的,它们不知为什么老要爬过树桩去;你看那长着小巧的叶儿的细藤上,挂了好些红艳艳的果子,给树桩的废墟平添了许多诗情画意。

水

涅尔河

　　涅尔河在沼泽上流过；只在蚊子还没有喧闹以前，这儿才是个得天独厚、令人流连忘返的去处。涅尔河的支流库布里亚是一条活泼的夜莺之河。河的一边陡岸上是野生的森林，和涅尔河上的一样，另一边是耕地。涅尔河上赤杨和稠李夹岸丛生，你在河面荡桨漫游的时候，头上仿佛是绿色的拱门。这儿夜莺多极了，有如黑土区上庄园里的大花园。

　　我们泛舟悠悠前行，只见萎黄花，那没有穿上绿装的树木的花，争妍斗丽，密密麻麻，在前面空中形成了一顶网子，那里头有赤杨的荑蕚花，有早春柳树嫩黄的幼芽儿，还有稠李的百样蓓蕾和硕大的已经半开的花儿。这些没有穿上绿装的树木的枝条，真是俏丽多姿而又腼腆动人，似比羞答答的女郎更觉可爱！

在姗姗来迟的春天里，没有穿上绿装的森林中的一切，都是抬头可见的：无论是各种鸟儿的巢穴，也无论是各种正在鸣啭的鸟儿本身，喉咙里发出咕嘟声的夜莺、苍头燕雀、歌鸫、林鸽。连杜鹃在咕咕叫的时候也看得见，还有那野乌鸡，在枝头走来走去，发出咯咯声，呼唤着异性。

有些地方的赤杨和稠李，全身被蛇麻草缠住，只有一根绿枝从去岁的老蛇麻草下面透露出来，真像毒蛇缠身的拉奥孔。

前面水上有4只雄鸭，一面游着，一面嘎嘎地叫。待我们划近前去，正要用步枪打时，3只扑棱棱飞走，第四只原来是打断了一只翅膀的。我们让这只缺翅的鸟儿摆脱了痛苦的残生，拿来放在船头上，作为拍摄河上风景时的前景。

倒影

我摄下了森林中美丽的最后的白色小径（"碎瓷片"）。有时小径会中断，会从它底下露出绿水盈盈、树木倒映的车辙来；有时白色的小径会被小水塘挡住去路，只好全然伸入水中，再从那深处隐隐约约在巨大的倒映的森林间显露出来。穿着我脚上的靴子，要想走到这海洋的彼岸去是不行的，而且也不能走近那大森林，不过我却走到了那倒影旁边，居然还能把它照了下来。够了！完全用不着飞机，用不着让发动机震聋我的耳朵，我却能站在清澈见底的融水的水塘前面，欣赏我脚下的小朵浮云。

林中客人

林中深渊

　　一只巨大谷蛾似的灰蝴蝶，坠落在深渊中，仰浮于水面，呈三角形，仿佛两翅活活地给钉在水上。它不停地微动着细腿，身体也跟着扭动，于是，这小小的蝴蝶就在整个深渊中荡起微波，密密地一圈一圈四散开去。

　　蝴蝶附近有许多蝌蚪，自管游着，对于水波并不在意，一些小甲虫像骑手在陆地上驰骋一般，在水中泼风也似的转着圈子，石头旁边阴影中的一条小梭鱼，却像小木棒一样，在水里竖着，——多半是想捉那蝴蝶吃，它在下面大概是不知道有微波的。当然，水底下还有什么微波！

但是，这只蝴蝶挣扎在静静的深渊中所频频激起来的微波，却在水面的上空仿佛引起了普遍的注意。野醋栗把硕大的还是青的果子垂到了水边，凋谢了的款冬花让朝露和水把自己的叶子洗得鲜莹明洁，翠绿的新生的蛇麻草绕在挺拔而枯雕的、绿须披挂的云杉树上，愈爬愈高，而下面那蝴蝶抖动起来的水波到达不了的石头后边，倒映着陡岸上的一带林木和澄碧的天空。

我料定那小梭鱼迟早会从呆然若失的状态中清醒过来，注意到这遍及整个深渊的一道道水圈。但是看着这蝴蝶，我不禁回想起自己当年的奋斗：我也曾不止一次地弄得仰翻了身体，绝望地用两手、两脚以及随便可以抓到的东西想争得自由。我回想起自己那阵失意时日之后，便往深渊里丢了一块石头，石头激起了一阵水波，掀起了蝴蝶，把它的翅膀整平了，送它飞上了空中。这就是说自己经历过艰辛，也就能理解别人的艰辛。

乌鸦

我试枪的时候，打伤了一只乌鸦，它飞了几步路，落在一棵树上。其余的乌鸦在它上空盘旋一阵，都飞走了，但有一只降了下来，和它停在一起。我走近前去，近得一定会把哪只乌鸦都惊走的。但是那一只仍然留着。这该如何理解呢？莫非那乌鸦留在伤者身旁，是出于彼此有某种关系的感情吗？就好像我们人常说的，出于友谊或者同情？也许，这受伤的乌鸦是女儿，所以为娘的就照例飞来保护孩子，正像屠格涅夫所描写的那只母乌鸦，虽然身受重伤，鲜血淋漓，还奔来救那囵鸟。这种感人的事情，在鹑鸡目动物中是屡见不鲜的。

可是转念一想，眼前是食肉的乌鸦啊，我脑子里不禁又有了这样不愉快的想法：那停落在伤者身边的第二只乌鸦，也许是嗅到了血腥味，醺醺然一心妄想马上能饱餐一顿血食，所以就益发挨近死定了的乌鸦，强烈的私心使它丢不开垂危的同类。

如果第一个想法有拟人观，也就是把人类感情搬到乌鸦身上去的危险，那么第二个想法就有"拟鸦观"的危险，也就是说，既然是乌鸦，那一定是食肉者无疑了。

松鼠的记性

我在想着松鼠：如果有大量储备，自然是不难记住的，但据我们此刻寻踪觅迹看来，有一只松鼠却在这儿的雪地上钻进苔藓，从里面取出两颗去年秋天藏的榛子，就地吃了，接着再跑 10 米路，又复钻下去，在雪上留下两三个榛子壳，然后又再跑几米路，钻了第三次。绝不能以为它隔着一层融化的冰雪，能嗅到榛子的香味。显然它是从去年秋天起，就记得离云杉树几厘米远的苔藓中藏着两颗榛子的……而且它记得那么准确，用不着仔细估量，单用目力就肯定了原来的地方，钻了进去，马上取出来。

三个兽洞

今天在一个獾洞旁边，我想起了卡巴尔迭诺–巴尔卡里亚的黄峭壁上的三个兽洞。我曾在那儿把沙地上的足迹细细考察了一番，得知了獾、狐狸和野猫同居的一个极有趣的故事。

獾为自己挖了一个洞，狐狸和野猫却来和它同居。不干净的狐狸浑身恶臭，不久就把獾和野猫撵了出去。獾只得在稍高的地方再挖一个洞，和野猫住在一起，那臭狐狸仍旧留在老洞里。

梭鱼

一条梭鱼落进我们安设的网里，吓呆了，一动也不动，像根树枝。一只青蛙蹲在它背上，贴得那么紧，连用小木棒去拨，半天也拨不下来。

梭鱼果然是灵活、有力、厉害的东西，可是只要停下来，青蛙就立刻爬了上去。因此，大概作恶的家伙是从来也不肯停手的。

田鼠

田鼠打了一个洞，把眼睛交还给了大地，并且为了便于挖土，把脚掌翻转过来，开始享受地下居民的一切权利，按着大地的规矩过起日子来。可是水悄悄地流过来，淹没了田鼠的家园。水为什么要这样做呢？它根据什么规矩和权力可以偷偷逼近和平的居民，而把它赶到地面上去呢？

田鼠筑了一道横堤，但在水的压力下，横堤崩溃了，田鼠筑了第二次，又筑了第三次；第四次没有筑成，水就一涌而至了，于是它费了好大的劲，爬到阳光普照的世界上来，全身发黑，双目失明。它在广阔的水面上游着，自然，没有想抗议，也不可能想到什么抗议，不可能对水喊道："看你。"像叶夫盖尼对青铜骑士喊的那样[2]。那田鼠只恐惧地游着，没有抗议；不是它，而是我这个人，火种盗取者的儿子，为它反对奸恶的水的力量。

是我这个人，动手筑防水堤。我们人会集来很多，我们的防水堤筑得又大，又坚固。

我那田鼠换了一个主人，从今不依赖于水，而依赖于人了。

啄木鸟

我看见一只啄木鸟，它衔着一颗大云杉球果飞着，身子显得很短（它那尾巴本来就生得短小）。它落在白桦树上，那儿有它剥云杉球果壳的作坊。它嘴衔云杉球果，顺着树干向上跳到了熟悉的地方。可是用来夹云杉球果的树枝分叉处还有一颗吃空了的云杉球果没有扔掉，以致新衔来的那颗就没有地方可放了，而且它又无法把旧的扔掉，因为嘴并没闲着。

这时候，啄木鸟完全像人处在它的地位应该做的那样，把新的云杉球果夹在胸脯和树之间，用腾出来的嘴迅速地扔掉旧的，然后再把新的搬进作坊，操作了起来。

它是这样聪明，始终精神勃勃，活跃而能干。

落后的野鸭

小河流进了葱茏郁茂的赤杨林里，两岸渐渐陡峭起来，河面窄得可以一跨而过。这儿的河水由于森林中的温热和流速较大，不曾冻结。一只落后的野鸭就滞留在这儿，打发着冬天来临之前的最后的日子。它隐藏在林彩沉阴中，我们看不见，只听见振翅声和叫声。当它飞到赤杨树的高空时，我们才总算开枪打到它。一颗霰弹击中了翅膀，把它打断了，野鸭就活像瓶子，一头倒栽下来。

断翅的野鸭通常都往水里逃生，它钻进水里，躲在树根之间，只把黑色的不显眼的小嘴露出水面。猎人明明看见它掉下来了，却怎么也找不到，往往都弄得筋疲力尽。

我们打伤的那只野鸭飞落的地方，正是河的转弯处，水势开阔，像个池塘，在这宁静的地方结着一层冰，只在表面还保留着完全透明的水的样子。

那野鸭看见自己向这水面倒栽下去，心想潜入水里躲起来，不料一头碰在冰上。冰倒没有被碰碎。受惊的野鸭一骨碌爬起来，踏着红脚掌就走。皮尤什卡[3]看见了，追了去，可是它的脚老陷到冰下面去，只得回来，后来犹豫了一会儿，伸开脚爪，撒着脚尖，又慢慢地走去，走去，终于抓到了……

蜘蛛

绵绵阴雨，令人心烦。夕阳在浑厚的蓝幕中西沉，晚上不见得天会转好。我心焦地等了一天，总想在傍晚时分太阳能露一下脸，好让我夜里安然入睡。指望明天有一个期待已久的清露辉映的早晨，可以拍摄水珠灿灿的蜘蛛网。不！太阳一沉落，蓝幕就破碎了，在蓝幽幽的底色上，出现了一只红色的鸟，另一处跑出了一个身着红衣的骑手。

我和主人家的儿子谢辽查一起在草棚里过夜，那草棚在采伐迹地的旁边，我就是在这采伐迹地上观察森林中的织工的生活的，——那织工，就是身如小酒桶、背上有一个十字记号的善结网的蜘蛛。远处闪烁的电光透进草棚的壁缝，穿过我的闭合的眼皮，在我的头脑中演出了好些荒诞的故事。譬如说，我梦见人们似乎想要用蜘蛛网来做什么东西，为了叫蜘蛛夜间工作，就用探照灯把林木照得通亮。次日一清早，太阳还没有升起，谢辽查的母亲道姆娜·伊万诺芙娜就到草棚里来叫谢辽查：

"该打麦子去了，起来吧，谢辽查!"

"蜘蛛织网了吗?"我问道。

我的女主人已经习惯了，对我的观察很感兴趣。她过了一会儿答道：

"不大看见。"

"嗯，既然不大看见，"我说，"大概就要下雨了，可你们的麦场子都是没有顶棚的啊。"

"没有办法，"道姆娜·伊万诺芙娜回答说，"剩下的面粉连做一个小圆面包也不够了，得赶紧打，打多少是多少，不然要饿肚子了。"

谢辽查起身打麦子去了。

我从草棚里出来，只见天空中日光在和乌云相争，看起来太阳是会得胜的。露水已经很大。阴沉的早晨,露水却大,这真是不平常的事情。

我因早晨露水蒙蒙,天气阴沉,倒觉得十分愉快,就出去拍那织网的蜘蛛,巴不得不受太阳反光的影响,一心想在恶劣天气中延长曝光时间拍出来的照片,能比有太阳的快照还要好。谁知道来到昨天的地方之后,非但没有新的网,连旧的也不见踪影了。我猜想,那些网过了一日一夜,自然破损了,被蚊蚋撕坏了。那些蜘蛛,想必是在黎明前时分织网的。但是昨天后半夜,恰好有闪电,显然会有一场阴雨。

所以它们就没有工作。

不过也不能说它们全然没有工作:不少地方,尤其是在地面上,也可以见到蜘蛛网,然而和平日灿烂的早晨比起来,却实在少得可怜。见了这不多的蜘蛛结的网,我就想到:看来蜘蛛也不都是一个样的,有的比较聪明,有的比较愚笨。

日光和乌云斗争了一个钟头以后,太阳终于获胜了。

也许蜘蛛本来会开始工作的,只是露水太大了。不!最可能是还在黎明前的时分,蜘蛛就已经预感到天要下雨了。

鸟儿也没有往常那样活跃。野乌鸡一语不发。这可都不是在骗人。白鹤无声地栖息在河湾里。连鹞鹰都很少见到了。后来一切都静悄悄的,空气也闷热,撩人愁思,正是一番风雨欲来时的情景。大气中的变化是如此之快,非但不及回家,连找一棵可以躲大雨的云杉都几乎来不及了。

我刚安顿好,天空便雷电交加,大雨倾盆了。幸喜我找的那棵云杉，就是下一整天暴雨，也滴不到我一点。我是多么爱在这样大雨中，坐在云杉树下，沉思默想。那些小兽和鸟儿，这时候也一定是这样坐着，而且，也在遐想……但是最好还是能够不想，再进一步呢，那就是欣然超然，能够对自己说："别想了，就这样坐着，空气多么芳香，再好好听吧！"于是就默坐着，什么都不想，一味地听，闻。大概，禽兽们也是这样坐着的。

不料雨下个没完，我只得从云杉底下爬起身，走出来，冒雨回家。村子里经历了一场忙乱，所有的人都受了天气的欺骗，现在全身湿淋淋的，嘴里骂着，收工回家。我看见了女主人，就说："您看，道姆娜·伊万诺芙娜，蜘蛛原来比我们都懂事，没有几个出来工作的，我们却全给骗了。""可不是?"道姆娜·伊万诺芙娜答道，那双小得像蚂蚁头一般的眼睛盯着我看。

傍晚，村中谷物干燥房里发出阵阵香味。橙黄色的晚霞迟迟不退，长久地衬托出村舍、谷物干燥房和柳枝的侧影。白茫茫的浓雾偷偷地低低降临草地，不久便是星斗满天的夜晚了。

客人们

我们有满堂的客人。附近的柴垛（躺在那里等发大水达两年之久）中有一只鹡鸰鸟向我们走了过来，它纯粹是出于好奇心，只想看一看我们。那劈柴估计够我们烧50多年——看有多少！它们在风里、雨里、烈日中白白地躺了几年，都发黑了，许多垛儿都歪歪倒倒，有的已如画地塌下来了。无数昆虫在腐朽的劈柴中繁殖起来，其中有大量的鹡鸰。我们很快就发现了一种方法，能在短短的距离中拍摄这些细小的鸟儿：如果鸟儿停在柴垛的背面，要把它呼唤过来时，我们就得从远远的地方露一下身，再立刻躲起来。那时鹡鸰为好奇心所驱使，就跑到柴垛的边上来，从转角处向你窥视，而你看见它正好是在照相机预先对准了的那块木柴上。

这真好像做击棒游戏一样，只不过那是孩子们玩的，这儿却是我老头儿和小鸟儿玩了。

飞来一只白鹤，在黄色的沼泽中小丘之间流过的小河对岸落下，低头散起步来。

鱼鹰飞了来，微微扇动着翅膀，停在空中，专心察看下面的猎物。

尾巴头上呈凹形的老鹰飞来，在高空翱翔。

鸢鸟也飞来了，它最爱吃鸟蛋。它来后，所有鹡鸰都从柴垛中出来，像蚊子一样跟在它后面飞。一会儿看家的乌鸦也加到鹡鸰群中去。巨大的猛禽露出一副很可怜的样子，这庞然大物也居然惊慌失措，东西乱窜，恨不得立刻逃脱。

林鸽们发出"呜——呜"的声音。

松树林中有一只杜鹃不倦地啼唤着。

苍鹭从干枯了的老芦苇丛中猛地跃起。

野乌鸡就在附近喋喋不休地叫着。

芦鸫发出啾啾声，停在一枝细细的芦苇上摇来摆去。

鼩鼱在落叶堆中"吱"地叫了一声。

天气再暖和一些以后，稠李的叶子也宛如绿翼的小鸟，飞来做客，并且歇下来了，紫色的银莲花也来了，瑞香也一直待到树林各层都长满嫩绿的叶芽的时候。

还有早春的杨柳，它上面落了一只蜜蜂，一只丸花蜂嗡嗡叫着，还有一只蝴蝶折起了翅膀。

毛茸茸的狐狸像有什么心事，在芦苇丛中闪了一下。

蝮蛇蜷伏在小丘上，发干了。

这令人销魂的时刻，好像没有尽头。但今天我在沼泽上从一个小丘跳到另一个小丘行进的时候，发现水里有一种东西，弯身一看，原来是数不尽的像蚊子一样小的鞭毛虫。

这些鞭毛虫过不多久会长出翅膀，从水中出来，用腿立在对它们说来是硬的水面上，然后再一鼓作气飞起来，嗡嗡不休。那时，由于这吸血鬼，艳阳天就变成了阴天。不过也要说，这支大军倒能捍卫沼泽森林的童贞，不让避暑的人来消受这处女地的美丽。

一条斜齿鳊在游着。两个渔人划着一只小船来了。我们只得依依不舍地收拾东西离开，他们却立刻在我们的地方生起篝火，挂上提锅，把鳊鱼刮了做鱼汤，一会儿做得，三两口吃光，没有吃面包。

在这个唯一干燥的小地方，可能原始的渔人也生过篝火的，而现在我们却把汽车开到了这里。我们的帐篷里有一个旅行灶，在我们把帐篷收起来以后，芦鸬就飞了来，在搭帐篷的地方啄食什么东西。这是我们最后的客人。

一年四季

一年四季千变万化，其实除了春、夏、秋、冬以外，世界上再没有更准确的分法了。

自然晴雨表

一会儿细雨蒙蒙，一会儿太阳当空。我拍摄下了我那条小河，不料把一只脚弄湿了，正要在蚂蚁做窝的土丘上坐下来（这是冬天的习惯），猛然发现蚂蚁都爬出来了，一个挤一个，黑压压的一群，待在那里，不知要等待什么东西呢，还是要在开始工作以前醒醒头脑。大寒的前几天，天气也很温暖，我们奇怪为什么不见蚂蚁，为什么白桦还没有流汁水。后来夜里温度降到零下 18 摄氏度，我们才明白：白桦和蚂蚁从结冻的土地上，都猜到了天会转冷。而现在，大地解冻了，白桦就流出了汁水，蚂蚁也爬出来了。

最初的小溪

我听见一只鸟儿发出鸽子般的咕咕叫声，轻轻地飞了起来，我就跑去找狗，想证明一下，是不是山鹬来了。但是肯达安静地跑着。我于是回来欣赏泛滥的雪融的水，可路上又听见还是那个鸽子般咕咕叫的声音，并且一再一再地听见了。我拿定了主意，再听见这响声时，不走了。于是慢慢地，这响声变得连续不断起来，而我也终于明白，这是在不知什么地方的雪底下，有一条极小的溪水在轻轻地歌唱。我就是喜欢这样在走路的时候，谛听那些小溪的水声，从它们的声音上诧异地认出各种生物来。

亮晶晶的水珠

风和日丽，春光明媚。青鸟和交喙鸟同声歌唱。雪地上结的冰壳宛如玻璃，从滑雪板下面发出裂帛声飞溅开去。小白桦树林衬着黑暗的云杉树林的背景，在阳光下幻成粉红色。太阳在铁皮屋顶上开了一条山区冰河似的，水像在真正的冰河中一样从那里流动着，因此冰河便渐渐往后面退缩，而冰河和屋檐之间的那部分晒热的铁皮却愈来愈扩大，露出原来的颜色。细小的水流从暖热的屋顶上倾注到挂在阴冷处的冰柱上。那水接触到冰柱以后，就冻住了，因此早上的时候，冰柱就从上头开始变粗起来。当太阳抹过屋顶，照到冰柱上的时候，严寒消失了，冰河里的水就顺着冰柱跑下来，金色的水珠一颗一颗地往下滴着。城里各处屋檐上都一样，黄昏前都滴着金色的有趣的水珠。

背阳的地方还不到黄昏时，早就变冷了，虽然屋顶上的冰河仍然后退着，水还在冰柱上流，有些水珠却毕竟在阴影处的冰柱的末尾上冻结住，并且愈结愈多。冰柱到黄昏开始往长里长了。而翌日，又复艳阳天，冰河又复向后退，冰柱早上往粗里长，晚上往长里长，每天见粗，每天见长。

春装

再要不了几天，过那么一个星期，大自然便会用奇花异草，青葱的苔藓，细嫩的绿菌，把森林中这满目败落的景象掩盖起来了。看着大自然一年两度细心打扮自己形容憔悴、恹恹待死的骨骼，着实令人感动：它第一次在春天，用百花来掩盖，免得我们再看见，第二次在秋天，用雪来掩盖。

榛子树和赤杨树还在开花，金色的花穗现在还被小鸟惹得飘下蒙蒙花粉来，但是毕竟物换星移，这些花穗虽还活着，好时光却已过去了。现在满目都是星星一般的蓝色的小花儿，娇俏妩媚，令人叹赏，偶尔也会遇见瑞香，一样有惊人的美色。

林道上的冰融化了，畜粪露了出来，数不尽的种子仿佛嗅到了粪香，从云杉球果和松球果里飞到了它的身上。

稠李凋谢了

白色的花瓣纷纷落在牛蒡、荨麻和各种各样绿草上，那是稠李凋谢了。接骨木和它下面的草莓却盛开起花来。铃兰的一些花苞也开放了，白杨树的褐色叶子变成了嫩绿色，燕麦苗像绿衣小兵一般散布在黑色的田野上。沼泽里的苔草高高地站立着，在黑魃魃的深渊里投下了绿色的影子，一些小甲虫在黑色的水中飞快地转着圈子，浅蓝色的蜻蜓从一个绿茵茵的苔草岛上飞到另一个岛上。

我在荨麻丛中的发白的小径上走着，荨麻的气味重得使我浑身发痒。成了家的鸫鸟们惊叫着把凶恶的乌鸦赶开了自己的窝，赶得老远老远。一切都是很有趣的：数不清的动物生活中的每一件小事，都说明着大地上的和谐的生命运动。

杨花

我拍摄白杨树上的鞭毛虫，它们正把杨花纷纷撒落下来。蜜蜂儿迎着太阳顶风飞着，犹如飞絮一般。你简直分辨不出，那是飞絮，还是蜜蜂，是植物种子飘落下来求生呢，还是昆虫在飞寻猎物。

静悄悄的，杨花蒙蒙飞舞，一夜之间就铺满了各处道路和小河湾，看去好像盖上了一层皑皑白雪。我不禁回想起了一片密密的白杨树林，那儿飘落的白絮足有一厚层。我们曾把它点上了火，火势就在密林中猛散开来，使一切都变成了黑色。

杨花纷飞，这是春天里的大事。这时候夜莺纵情歌唱，杜鹃和黄鹂一声声啼啭，夏天的鹟鹩也已试起歌喉了。

每一回，每一年春天，杨花漫天飘飞的时候，我心里总有说不出的忧伤；白杨种子的浪费，好像竟比鱼在产卵时的浪费更加大，这使我难受而不安。

在老的白杨树降白絮的时候，小的却把肉桂色的童装换为翠绿色的丽服：就像农村里的姑娘，在过年过节串门游玩的时候，时而这么打扮，时而那么打扮一样。

人的身上有大自然的全部因素；只要人有意，便可以和他身外所存在的一切互相呼应。

就说这根被风吹折下来的白杨树枝吧，它的遭遇多么使我们感动：它躺在地下林道的车辙里，身上不止一天地忍受着车轮的重压却仍然活着，长出白絮，让风给吹走，带它的种子去播种……

拖拉机耕地，不能机耕的地方用马来耕；分垄播种机播种，不能机播的地方用筐子照老法子来播，这些操作的细节令人看不胜看……

雨过后，炎热的太阳把森林变成了一座暖房，里面充满了正在生长和腐烂的植物的醉人芳香：生长着的是白桦的叶芽和纤茸的春草，腐烂的是别有一种香味的去岁的黄叶。旧干草、麦秆以及长过草的浅黄色的土墩上，都生出了芊绵的碧草。白桦的花穗也已绿了。白杨树上仿佛小毛虫般的种子飘落着，往一切东西上面挂着。就在不久以前，去岁硬毛草的又高又浓密的圆锥花序，还高高地兀立着，摇来摆去，不知吓走过多少兔子和小鸟。白杨的小毛虫落到它身上，却把它折断了，接着新的绿草又把它覆盖了起来。不过这不是很快的，那黄色的老骨骼还长久地披着绿衣，长着新春的绿色的身体。

第三天，风来散播白杨的种子了。大地不倦地要着愈来愈多的种子。微风轻轻送来，飘落的白杨种子越来越多。整个大地都被白杨的小毛虫爬满了。尽管落下的种子有千千万，而且只有其中的少数才能生长，却毕竟一露头就会成为蓊茸的小白杨树林，连兔子在途中遇上都会绕道而过。

小白杨之间很快会展开一场斗争：树根争地盘，树枝争阳光。因而人就把它们疏伐一遍。长到一人来高时，兔子开始来啃它的树皮吃。好容易一片爱阳光的白杨树林长成，那爱阴影的云杉却又来到它的帷幕下面，胆怯地贴在它的身边，慢慢地长过它的头顶，终于用自己的阴影绝灭了爱阳光的不停地抖动着叶子的树木……

当白杨林整片死亡，在它原来地方长成的云杉林中，在西伯利亚狂风呼啸的时候，却会有一棵白杨侥幸地留存在附近的空地上，树上有许多洞和节子，啄木鸟来凿洞，椋鸟、野鸽子、小青鸟却来居住，松鼠、貂常来造访。等到这棵大树倒下，冬天时候附近的兔子便来吃树皮，而吃这些兔子的，则是狐狸：这里成了禽兽的俱乐部，整个森林世界都像这棵白杨一样，彼此有千丝万缕的联系，都应该描绘出来。

我竟倦于看这一番播种了，因为我是人，我生活在悲伤和喜悦的经常交替之中。现在我已疲乏，我不需要这白杨，这春天，现在我仿佛感到，连我的"我"也溶解在疼痛里，就连疼痛也消失了，——什么都不存在了。我默默地坐在老树桩上，把头焐在手里，把眼盯在地上，白杨的小毛虫落了我一身，也毫不在意。无所谓坏的，无所谓好的……我之存在，像一颗撒满白杨种子的老树桩的延续。

但是我休息过来了，惊讶地从异常欢愉的安谧之海中恍然苏醒，环视了四周，重新看到了一切，为一切而欣喜。

第一只虾

雷声隆隆，雨下个不休，太阳在雨中露脸，一条宽大的虹从天的这边伸到那边。这时候稠李开放了，一丛丛的野醋栗欹斜水面，也转绿了。第一只虾从一个洞中探出头来，微微动了一下触须。

春天的转变

白天，空中的一个高处挂着"猫尾巴"，另一个高处云团浮沉，有如一大队数不尽的船只。我们真不知道天会刮旋风，还是逆旋风。

到了傍晚，才都明显起来：正是在今天傍晚，梦寐以求的转变开始了，没有打扮的春天要转变为万物翠绿的春天了。

我们到一片野生的森林中去侦察。云杉和白桦之间的土墩上残留着枯黄的芦苇，使我们回想起春天和秋天的时候，这片森林该是如何密不透光，无法穿越的。我们是喜欢这种密林的，因为这里空气温暖宜人，万物春意深浓。突然近旁水光闪了一闪，原来那是涅尔河，我们欢欣若狂，直奔了河岸去，仿佛一下子到了另一个气候温暖的国度，那里生活沸腾，沼泽上的百鸟争鸣不休，大鹬、沙锥发着情，好像小神马在阴暗下来的空中驰骋，野乌鸡呼唤着伴侣，白鹤几乎就在我们的身边发出喇叭般的信号；总之，这儿的一切都是我们所喜爱的，连野鸭也敢落在我们对面的澄清的水中。人的声音一点儿也没有：既没有鸟笛声，也没有发动机的嘟嘟声。

就在这个时刻，春天的转变开始了，万物茁长，百花争艳。

柳兰

转眼夏天到了，在森林的阴凉处，散发着像瓷一样白的"夜美女"的醉人芳香，而在树桩旁边的向阳地方，伫立着我们森林中的丰姿英俊的美男子——柳兰。

河上舞会

黄睡莲在朝阳初升时就开放了，白睡莲要到 10 点钟左右才开放。当所有的白睡莲各个争奇炫巧的时候，河上舞会开始了。

旱天

大旱仍没有完。小河干透了，只留下些原来被水冲倒、可以当桥过河的树木，猎人追索野鸭时走出来的小路也还留在岸上，沙地上却有鸟兽的新鲜足印，它们是照老例到这儿来喝水的。它们一定能在什么地方的小深水坑里找到水喝的。

小白杨感到冷

在秋高气爽的日子里，云杉树林的边上聚集着颜色深浅不一的幼小的白杨树，一棵挨着一棵，密密匝匝，似乎它们在云杉林中感到冷，伸到林边来晒太阳取暖。这真像我们农村里的人，也常出来坐在墙根土台上，晒太阳取暖。

落叶期

茂密的云杉林中出来一只兔子，走到白桦树下，看见一片大空地，就停下了。它不敢径直走到空地对面去，只顺着空地的边，从一棵白桦到另一棵白桦绕过去。但在中途又停下来，侧耳细听着……要是在森林中怕这怕那的，那么在树叶飘落、窃窃私语的时候，就最好别去。那兔子一边听，一边老觉得后面有什么东西窃窃私语，偷偷地走近来。当然，胆小的兔子也可以鼓起勇气，不去回头看，但这里往往有另外的情况：你倒不害怕，不受落叶的欺骗，可是恰恰这时有个东西，趁机悄悄地从后面把你一口咬住。

降落伞

连蟋蟀也听不见草丛中有自己同伴的声音，它只轻轻地叫着。在这样宁静的时候，被参天的云杉团团围住的白桦树上，一张黄叶慢慢地飘落下来。连白杨树叶都纹丝不动的宁静时候，白桦树叶却飘了下来。这张树叶的动作，仿佛引起了万物的注意，所有云杉、白桦、松树，连同所有阔叶、针叶、树枝，甚至灌木丛和灌木丛下的青草，都十分惊异，并且问："在这样宁静的时候，那树叶怎么会落下来呢?"我顺从了万物的一致要求，想弄清那树叶是不是自己飘落下来。我走过去看个究竟。不，树叶不是自己飘落下来的，原来是一只蜘蛛，想降到地面上来，便摘下了它，做了降落伞：那小蜘蛛就乘着这张叶子降了下来。

星星般的初雪

昨天晚上没来由飘下了几片雪花，仿佛是从星星上飘下来的，它们落在地上，被电灯一照，也像星星一般烁亮。到早晨，那雪花变得非常娇柔：轻轻一吹，便不见了。但是要看兔子的新足印，也满够了。我们一去，便轰起了兔子。

今天来到莫斯科，一眼发现马路上也有星星一般的初雪，而且那样轻，麻雀落在上面，一会儿又飞起的时候，它的翅膀上便飘下一大堆星星来，而马路上不见了那些星星以后，便露出一块黑斑，老远可以看见。

森林中的树木

一片皑皑白雪。森林中万籁俱寂，异常温暖，只怕雪都要融化了。树木被雪裹住，云杉垂下了沉重的巨爪，白桦屈膝弯身，有的甚至把头低到地上，形成了交织如网的拱门。树木就像人一样：云杉在无论怎样的压力下面，没有一棵会弯腰屈膝，除非折断完事，但是白桦，却动辄就低头哈腰。云杉高耸着上部枝叶，傲然屹立，白桦却在哭泣。

在下了雪的静谧的森林中，戴雪的树木姿态万千，神情飞动，你不禁要问："它们为什么互不说话，难道见我怕羞吗？"雪花落下来了，才仿佛听见簌簌声，似乎那奇异的身影在喁喁私语。

人的踪迹

我的家

　　我爱大自然中的人的踪迹，我爱人赤脚行走于树木之间所留下来的印记：一脚又一脚，串联成一条弯弯曲曲的小径，通过绿茸茸的草地、苔藓、暴露的树根，穿过蕨草、松树，向下过了小河的独木桥，又急转直上，像登楼梯似的顺着树根往高处去。

　　嗳，我的亲爱的人们，只要回想起自己的小径，真有说不完的话：我的脚踏遍了森林、草原、山岳，到处都有我的家，只要我曾在那儿写成过一篇故事。

蜜

5月的寒意已经消尽，天气暖洋洋的，稠李没有光泽了。花楸却抽华吐萼，丁香也盛开起来。花楸一开花，春天便完了，等到它发红，夏天也要过去了，入秋以后，我们开始打猎，在打猎中经常会遇见殷红的花楸果，直到冬天的来临。

要说出稠李散发的究竟是怎样一种香味，是不可能的，因为没有东西可以拿来比较，是说不出来的。有一年春天，我初次闻它的时候，我回忆起了我的童年，我的亲人，我想他们也是一样闻过稠李，也是像我一样说不出它散发的是什么气味的。就连祖父，连曾祖父，连生活在唱伊戈尔王远征歌谣的时代，或更加早得多的已被人完全遗忘的时代的人们，也是这样的，——因为那时候也有稠李，有夜莺，有百样啼鸟，有千种花草，以及和它们密切相关形成我们的故乡感情的种种体验和感受。单凭这稠李的香味，你就可以和整个过去联系起来。眼下它却将要凋谢了。我最后一次把花送到鼻下——最后一次徒然地想弄明白，稠李到底散发的是什么香味。我惊奇地感到那花有一股蜜的气味。是啊，我回想起了稠李在即将凋谢的时候，散发的不是我们所闻惯的那种特别的气味，而是蜜的气味，这就告诉了我，无怪乎那是花啊……纵然它们现在要飘落了，但同时聚集了多少蜜啊！

森林中的人

我看着在芦苇丛中划船的渔人。黑水鸡、芦苇、水、倒映在水中的树木，这整个世界连同周围的一切，都好像在发问；它们想要得到的答案，就在这个划船的人的身上：这个划船的人，就是你们要问的，就是你们所期待的，这是你们自己的"理智"在航行。

审判员打猎

我的一个当人民审判员的朋友，晚上到沼泽上去猎野鸭，在那河边一直待到次日早晨，到鸟儿飞归宽水区的时候。从昨晚起，他才打过一只绿头鸭，因为空气宁静而湿润，枪烟弥漫在宽水区上，像一片阴空，他连那野鸭是被打死在宽水区里还是飞走了，也不知道。这以后不多一会儿工夫，浓重的夜雾就从两岸飘下来，把人民审判员笼罩了整整一宿。沼泽上的雾霭在他是看不透的；稀疏的最大的星辰也显得暗淡无光，后来整个天空都暂时隐藏起来了，就像阴天的太阳对我们隐藏起来一样。入夜以后，在这紧盖着杜布纳沼泽的白色被子似的雾霭上空却星月交辉，清艳莹彻。天将破晓时，天气转冷，人民审判员冻醒了。他没有立时要爬起来，他以为右侧是躺在干草上，所以比左侧感到暖和。他试着翻动身子，这才明白右侧是躺在水里；和黎明时分转冷的空气比起来，他把水误当作温暖的干草了。

这时候，我顺着小丘上的狭路，在星光下向微微发白的东方走去，心中想着被白色被子似的雾霭遮掩起来的审判员；我想，如果这时候天再不起变化，审判员今天早晨又打不成野鸭了。我不羡慕这位审判员，不羡慕这位打野鸭的猎人，我带了狗，兴奋地朝突然出现的一大群大鹬走去。

梭鱼

我们在河中航行，只见岸上有一个戴白便帽的青年人，非常激动地在自言自语，还夹着恶骂。我们就从水上朝岸上问道："是怎么回事？……"青年人倒高兴起来，把一条大梭鱼如何被他用鱼叉逮住，他如何几乎把鱼提了上来，不料钓丝断了，梭鱼就逃回了水中一席话，一五一十说了一遍。有什么办法呢，只得作罢，这在谁都是常有的事……可是真叫人有意想不到的高兴：那条梭鱼竟肚子朝上浮了起来，微风慢慢地把它送到岸边。好容易等了半天，一把逮住，不料又马上挣脱了。现在已经过去了一个钟头，再不出现了。

"你是怎么逮的？"彼佳问。

"两只手捧住鱼肚。"

"这么说，您是从来也不曾逮过梭鱼的了：得把手指插到眼睛里去逮才行啊。"

"我知道插到眼睛里去逮，可它是死的啊，肚子都往上翻了。"

"不管它肚子往上翻不往上翻，对这种家伙可万万不能大意，需要警惕啊，同志。"

那渔人可没有心思开玩笑；他大概想起了手榴弹炸鱼的事，就残酷地回答说："得用炸弹轰掉这些鬼东西！"

啄木鸟的作坊

小舟

　　太阳照在河的浅滩上，水面光影点点，犹如一张金丝网。藏青色的蜻蜓在芦苇丛和问荆丛中飞来飞去。每一只蜻蜓都有它自己的一棵问荆或芦苇，它从那里飞下来，后来又飞回那里去。

　　乌鸦孵过了雏儿，愣头愣脑的，无精打采，在休息着。

　　一张小极了的叶子，驾着游丝飘落水面，你看它转动得多么轻盈！

我泛舟河上，顺流而下，心中想着大自然；现在大自然在我是一种起始不明的东西，是一种"赐予"，人类本身才在不久以前从它那里出来，现在又从它那里创造自己的东西——创造第二个大自然了。

两种高兴

我们觅到了蘑菇，十分高兴，蘑菇也好像和我们一样高兴。有的蘑菇是自己在森林中生长的，我们在休息的日子里常去寻觅，有的是我们在地窖里培养出来的。前一种——你为它自己生长却被我们白白得来而高兴，后一种——我们为我们自己培植出来而高兴。一是蘑菇"自己"，一是我们"自己"。

蘑菇只在没有被人发现以前才生长，以后它便成为食用品了。作家的成长也正是这样……一部书给拿走了，得再重新从那个地下的蘑菇园里，靠了温暖的细雨成长起来，直到食用者来了，发现了你，把你从根上摘了去。创作是在阔叶和针叶的庇荫下静静地完成的。

啄木鸟的作坊

我们在森林里游春，观察大鹬、啄木鸟、猫头鹰的生活。

突然，在我们以前做过记号的一棵有趣的树木那边，传来了锯木的声音。有人告诉我们，说那是在伐枯木，给一家玻璃工厂做柴烧。我们却替自己那棵树担心，赶紧顺着锯木声奔了去，可是晚了。在锯倒了的白杨树的树桩周围，有许多云杉球果的空壳：这都是啄木鸟在漫长的冬天里剥食了的。啄木鸟把它们觅得来，搬到这棵白杨树上，放在两根树杈之间，然后啄食。这白杨树是啄木鸟的作坊。

两个老头儿，个体农民，终年只以伐木为生。他们的样子，就像是被判为永远砍柴的老罪人。

"你们就和啄木鸟一样。"我们一面说，一面指着啄木鸟的作坊上的球果。

"你们的罪孽是要报应的，老孽种。"说着，对他们指着锯倒了的白杨。

"叫你们砍的是枯树，可你们干出什么来了?"

"啄木鸟凿了无数洞，"罪人们回答道，"我们看了看，自然把它锯了。"

说着大家都仔细看那棵树。树是依然生机勃勃的，只在不长的一截——不过一米——树干被蛆虫蛀了。显然，啄木鸟像医生一样听诊过这棵白杨，知道被蛆虫蛀空了，于是就动手术取蛆虫。当它凿出一个洞时，蛆虫往上去了：啄木鸟没有算准。它连着凿了第三次，第四次……一棵不大的白杨树干变得像一支带音键的竖笛：外科医生啄木鸟凿了 7 个洞，在第八个洞里才找到蛆虫，拖了出来，救了这棵白杨树。我们把那截树干锯了下来，这可做博物馆的珍贵陈列品。

"你们看，"我们对老头儿说，"这是森林的医生，它救了白杨树的命。"

老头儿不胜惊讶。有一个甚至向我们挤挤眼，并且说道：

"我们干的工作里，说不定也不单单是些空球果啊。"

我是什么都爱拿自己作家这个行当去比较的，于是也想："我也并不是只说些空话啊。"

风格

我的朋友，艺术家的风格是从包罗世界的激情中产生的，只有懂得这一点，并且亲身体验到这一点，同时学会抑制激情，小心地表达它，这样，你的艺术风格才会从你个人的吞噬一切的欲望中产生出来，而不是从单纯的学习技巧中产生出来。

自来水笔

天赋即便不很高，也能成为艺术大师的。为此须得善于在创作中寻觅不朽的东西（即所谓"自来水笔"⁴）。须得根据那些得手的不朽的东西来创造新的作品，在新的作品中寻觅那得手的东西。如此日积月累，让自己的作品能饱含"不朽的"东西，而且孜孜不倦地精益求精。如果一辈子照我说的这样做去，便会感到自己有充足的信心。可惜许多人在写作的时候是没有信心的，是靠了天赋的，是"照上帝所赐"写的。他们像"季节之王"在社会上一闪，立时便文思枯竭了——"上帝赐予，上帝又收回了"。

亲人般的关注

为了描写树木、山崖、河流、花上的小蝴蝶，或在树根下生活的鼩鼱，需要有人的生活。倒不是为了比较树木、岩石或者动物，并赋以人性，才需要有人的生活，而因为人的生活是运动的内在力量，是汽车上的发动机。一个作者，应该在自己的才能上达到使这一切极为遥远的东西变得亲近起来，为人所能理解。

损失

我今天出得门来，心中充满了清晨的喜悦，这种心情，总要为它自己找一件可以体现的东西，而且往往会很快地找到：也许，是那鹰，它显得那么笨重，快快地从湿润的树上飞下来；也许，是那云杉，它赏给你丰富的浅绿色的球果；也许，你会发现，地上有一朵红色的饱满的蘑菇，你再回头一看，又见到一朵，又见到第三朵，整个空地上全是蘑菇，蘑菇……

我见到这朵也摘，见到那朵也摘，眼不离地，一直摘去。于是，我被寻找蘑菇的这个目的捆住了，整个身心都在这上头了，再也不能在大自然中发现什么了。

话语和种子

我在林边和一位耕着地的庄员聊天，谈到一片白杨树林要能长成，必得白白费掉多少种子：自然界安排得多么不对。

"不过，人也往往有这样的事，"我说，"就拿我们作家来说，要一个东西成长起来，有多少话语得白费掉呵。"

"所以说，"那庄员把我的话做了总结，"既然连作家都有空话，我们还能要白杨树怎么样呢？"

暴风雪

有时候心中千头万绪，一如纷纷大雪，回旋穿插乱飞，一丝想头也把握不住，不过凄婉的情味却一点也没有，这心中思绪的风雪，就好像在阳光下刮起的。我于是从这个内心世界中，从这个眼下无法把握住一个想头可资深入思索的内心世界中，去望那外部世界，只见那儿也充满明媚的阳光，在冻结的银色雪地上，也有一阵阵风雪在飞蹿。

世界是美丽非凡的，因为它和内心世界相呼应，把它继续了下去，并使它扩大、增强起来。光的春天，我现在是从阴影上来辨认的：我走的路已被雪橇压过，路的右边是蓝幽幽的影子，左边是银晃晃的影子。你顺着雪橇的辙迹走，就好像能够无止境地走下去。

人的宝藏

峡谷里的森林下层既潮湿，又同地窖一样阴暗，你好不容易从这黑魆魆的深渊中出来，穿过被蛇麻草缠住身的赤杨树和荨麻，到了奇花烂漫、蝴蝶蹁跹、树浪环绕的草地上。这时候，你才确确实实地知道，才以整个身心理解到，这周围有多么大的不曾取走的财富，圣约翰节[5]前夜人人想觅宝发财，在这财富前面简直微不足道。你蓦然想起了那些宝藏以后，反会因为人的想象力的贫乏和某种浅薄而感到吃惊。睁开眼睛看看吧，没有被人取走的财富毫不神秘地聚在你的眼下。它们不是在哪儿地下，就在你的眼下：你就去取吧！你满心欢喜，站在它们面前，奇怪人为什么还不伸手去取这实在的财富，取这真正的幸福。说出来吧，给人指明吧，但是怎么说好呢，免得人家百般地称赞你，说都是因为你独具慧眼的缘故，反倒把全部幸福都糟蹋了。

自由生存

一切都是灰溜溜的，路面是棕黄色的，窗外滴着春天最初的眼泪。我从家里出来，一走进森林，便感襟怀旷荡，真是到了一个大世界。

我望着一棵巨树，心里想着它那地下的最小的根须，那几乎像发丝一样纤细的、带有一个戴小帽的小头的根须，它为了找寻食物，在土壤中给自己打通一条弯弯曲曲的小径。是啊，我进入森林，兴奋万状时，所体验到的正是这些，这实在是体验到了一种巨大的整体，你现在就在这个整体中确定着你个人的根须的使命。我的这番兴奋，就和朝阳升起时的兴奋完全一样。

然而这是怎样一种若隐若现的感情啊！我几次想追溯它的发端，想将它永远把握住，像把握住幸福的钥匙一样，却始终不能如愿。我知道，这襟怀旷荡，是经过某种磨难之后得来的，是和庸俗进行不明显的痛苦的斗争的结果；我知道，我的书是我得到的许多胜利的明证，但是，我根本不相信，当遇上类似某种胃癌的最后磨难时，我也能在这一场大搏斗中得以自由生存下来。

我还知道，果然能自由生存时，那亲人般的关注便会大大加强。所以我现在就愉快地和整个生活融合在一起，同时却不把目光离开那个细小的、在我前面的白皑皑雪地上移动的黑脑袋。我脚下的路已被宽雪橇压实；路面被蹄子踩凹下去，形成了棕黄色的槽，槽的两边是白色的，又平又硬，是雪橇的横木来来去去磨成的，在这边上走路很是舒服。我就在这路边上走着，并且知道在拐弯处后面的棕黄色的槽中，有一只鸟儿和我保持了一段距离在跑着，它的脑袋被路边白的底色衬托出来，我可以看得清清楚楚，我从那脑袋上猜出那是一只非常美丽的蓝翅膀的松鸦。道路转直了以后，我发现除了松鸦以外，还有一只红雀和两只雀，也和我保持了距离跑着。

追求王位者

在艺术作品中，美丽是美的，然而美丽的力量却在于真理：可以有无力的美丽（唯美主义），却没有无力的真理。

古来有无数坚强勇敢的人，伟大的演员，伟大的艺术家，但俄罗斯人的本质不在于美丽，不在于力量，而在于真理。如果竟是整批的人，整个的外貌都浸透了虚伪，那么对于基本的文明的人来说，这却不是基本的状况，他们知道，这虚伪是敌人的勾当，一定会消失的。

伟大的艺术家不是在美丽中，而仅仅是在真理中为自己伟大的作品吸取力量的，而这种像婴儿一般天真的对于真理的崇拜，艺术家对于伟大真理的无限的恭顺，就在我们的文学中创造出了我们的现实主义；是的，我们的现实主义的实质就在这里：就是艺术家在真理面前的忘我的恭顺。

作家和写生画家

上午，太阳从"猫尾巴"后面照耀着，午后，下起了热烘烘的小雨。这对于庄稼真是太好了。中饭前我在格林科沃附近拍摄了一条还盛开着稠李的小河；我还拍摄了俯首恭立的蕨草、款冬和河上一簇簇的黄花。蚊子不住地咬我，同时夜莺却在耳边啼啭，斑鸠咕咕不休，黄鹂互相呼唤，林鸽肆声乱叫。我不单照了相，居然还在小本子里写了些东西，因为我的心境实在是好，我的生活经验的线索有时会汇合，思想便从这里产生出来。

写生画家也正是这样作草图的，——在沼泽上看见一个写生画家在工作，没有一点儿可以奇怪的地方。但对这样工作的作家，为什么看起来感到奇怪呢？大概是因为在一般人的理解中，作家是安乐的艺术家，是关在书房里的吧。

我的狩猎

有些人说我身体健壮，是因为营养好，常呼吸新鲜空气的缘故："您的脸色多好啊，大概还是老习惯，住在森林里吧。打猎情况怎么样？"我总是有礼貌地回答说，森林和打猎是健康的最好条件……我的森林！我的狩猎！他们能到沼泽上的蚊子成群的森林里走走，能在牛虻的歌声中玩几个钟头就好了！说来也是一样的——我的狩猎！我用外部的平常的狩猎，来在大家面前掩盖和辩护我那内部的狩猎。我是追捕自己的心灵的猎人，我时而在幼嫩的云杉球果上，时而在松鼠的身上，时而在阳光从林阴间的小窗子中照亮了的蕨草上，时而在繁花似锦的空地上，发现和认出了我的心灵。可不可以猎捕这个东西呢？可不可以把这件美事对无论什么人直言呢？不消说，简直谁也不会明白的，但是如果有了打沙鸡这样一个目的，那么以打沙鸡为名，也是可以描写自己如何猎捕人的美丽的心灵的，而那美丽的心灵之中，也有我的一份。

我之有健壮的身体（"脸色多么好"），不是因为沼泽上的森林空气好，也不是因为营养好：我的营养是最平常的。我以探求美好事物的希望和欢乐而生活，我有可能从这里汲取营养，因为我多少已准备好承受那件憾事了：如果我问杜鹃，我还能活多久，它却不把两声"咕——咕"连着叫完，只是"咕"的一声就飞走了。

创造彩色的力量

我歇在汽车里，望着被白雪覆盖着、被旭日照得艳艳生光的森林，心底里不禁回忆起了一个旧的想法：就是这种美丽的景象，只有用彩色才能够留得住，整个问题都在彩色上头。我又回想起了一个窃听来的定义：空间就是创造彩色的力量……

为直的道路而斗争

我窗前那片还没有被水淹没的圆形草地上，均匀地布着化了雪的地面、水洼和小圈的白雪；一道白痕从这些白的、青的、黄的东西上直向远方伸展了开去。这样笔直的痕迹，在自然界中是不可能有的，你一看就会猜到，这是人在冬天走出来的道路。但是我在天空上也看见了这样一道笔直的痕迹，它把云朵都划破了。我左思右想不明白：这样笔直的东西，只有人才会做得出来，可是云端里有什么人呢！

突然一架飞机从云层里飞了出来，这才破了谜：空中这笔直的痕迹，是人留下来的。在地面上，在空中，都在进行着为直的道路的斗争。

注释

叶芹草

1　索比诺夫（1872—1934），俄国抒情男高音歌唱家，俄国古典声乐乐派最杰出的代表，长期担任莫斯科大剧院的歌剧演员。这里提到的连斯基咏叹调，出自柴可夫斯基根据普希金的诗体长篇小说《叶夫盖尼·奥涅金》所创作的同名歌剧。

2　拉丁语：循环论法。——译注

3　果戈理《死魂灵》中的人物。——译注

4　普里什文养的一条狗。——译注

林中水滴

1　指状如小锤子、戴有藓帽的子囊体。——译注

2　见普希金的长诗《青铜骑士》。

3　狗名。——译注

4　原文是双关语，除"自来水笔"外，还有"不朽的笔墨"的意思。——译注

5　圣约翰节是斯拉夫民族及欧洲某些其他民族的古老的农业节日，在节日的前夜，人人都去采集草药，寻觅"蕨草花"，据说这种花就在这一夜开放（实际上蕨草是隐花植物），能助人发现宝藏。——译注